मनोज कुमार पांडेय

मनोज कुमार पांडेय का जन्म 7 अक्टूबर, 1977 को इलाहाबाद के एक गाँव सिसवाँ में हुआ। लम्बे समय तक लखनऊ और वर्धा में रहने के बाद आजकल फिर से इलाहाबाद में।

उनकी प्रकाशित पुस्तकें हैं—'शहतूत', 'पानी', 'खजाना', 'बदलता हुआ देश' (कहानी संग्रह) और 'प्यार करता हुआ कोई एक' (कविता संग्रह)। देश की अनेक नाट्य संस्थाओं द्वारा कई कहानियों का मंचन। कई कहानियों पर फिल्में भी। अनेक रचनाओं का उर्दू, पंजाबी, नेपाली, मराठी, गुजराती, मलयालम तथा अंग्रेजी आदि भाषाओं में अनुवाद। कहानी और कविता के अतिरिक्त आलोचना और सम्पादन के क्षेत्र में भी रचनात्मक रूप से सक्रिय।

उन्हें कहानियों के लिए 'स्वयं प्रकाश स्मृति सम्मान' (2021), 'वनमाली युवा कथा सम्मान' (2019), 'राम आडवाणी पुरस्कार' (2018), 'रवीन्द्र कालिया स्मृति कथा सम्मान' (2017), 'स्पन्दन कृति सम्मान' (2015), भारतीय भाषा परिषद के 'युवा पुरस्कार' (2014), 'मीरा स्मृति पुरस्कार' (2011), 'विजय वर्मा स्मृति सम्मान' (2010), 'प्रबोध मजुमदार स्मृति सम्मान' (2006) से सम्मानित गया गया है।

ई-मेल : chanduksaath@gmail.com

प्रतिरूप

मनोज कुमार पांडेय

राजकमल पेपरबैक्स

राजकमल पेपरबैक्स में
पहला संस्करण : 2024

राजकमल पेपरबैक्स : उत्कृष्ट साहित्य के जनसुलभ संस्करण

राजकमल प्रकाशन प्रा. लि.
1-बी, नेताजी सुभाष मार्ग, दरियागंज
नई दिल्ली-110 002
द्वारा प्रकाशित

शाखाएँ : अशोक राजपथ, साइंस कॉलेज के सामने, पटना-800 006
पहली मंजिल, दरबारी बिल्डिंग, महात्मा गांधी मार्ग, प्रयागराज-211 001
1, अनमोल सोराबजी सन्तुक लेन, धोबी तलाव, मरीन लाइंस, मुम्बई-400 002
वेबसाइट : www.rajkamalprakashan.com
ई-मेल : info@rajkamalprakashan.com

विकास कंप्यूटर एंड प्रिंटर्स
ट्रॉनिका सिटी-201 102
द्वारा मुद्रित

मूल्य : ₹250

PRATIROOP
Stories by Manoj Kumar Pandey

ISBN : 978-93-6086-313-5

कल्पना के लिए

क्रम

प्रतिरूप

खेल

गणेश के जीवन में यह पहला मौका है जब वे घर में अकेले हैं। उन्हें अच्छा तो बहुत लग रहा है पर उनकी समझ में नहीं आ रहा है कि इस अकेलेपन और आजादी का क्या करें। बबली छत के रास्ते आई थी। दोनों देर तक घुट-घुट कर बतियाते रहे। दोनों के भीतर घर में अकेले होने की सनसनी थी। इसके पहले कि यह सनसनीखेज होने की तरफ बढ़ती बबली चली गई।

वह दोबारा आए इसके पहले आपको गणेश के बारे में जानना चाहिए। गणेश का पूरा नाम गणेश प्रसाद है। गणेश प्रसाद केसरवानी। वे मिश्रीलाल और कौशल्या की इकलौती सन्तान हैं। मिश्रीलाल और कौशल्या के विवाह के कई सालों बाद उनका जन्म हुआ। मिश्रीलाल कहते हैं कि गणेश का जन्म गणेश भगवान के आशीर्वाद से हुआ था इसलिए उन्होंने इनका नाम गणेश प्रसाद रखा।

यह एक पतला और लम्बा-सा घर है, जिसमें गणेश रहते हैं। मुश्किल से चार मीटर चौड़ा और करीब तीस-बत्तीस मीटर लम्बा। अभी पूरे घर की पुताई हुई है सो यह सब तरफ से चमक रहा है। बिजली की रोशनी में गणेश अपना ही घर पहचान नहीं पा रहे हैं। इसके बावजूद कि वे इसी घर में जन्मे और पले-बढ़े। आप कहेंगे कि सिर्फ पुताई भर हो जाने से कोई घर इतना

नया कैसे हो सकता है कि पहचान में ही न आए! इतनी दूर की तो विज्ञापन वाले भी नहीं फेंकते।

आप सही कह रहे हैं पर इसलिए कह रहे हैं कि आप न गणेश के बारे में कुछ जानते हैं, न उनकी उस लड़ाई के बारे में जिसे वे साल भर से लड़ते रहे हैं। उसी लड़ाई का सुफल है कि गणेश आज घर में अकेले हैं। माँ मिश्रीलाल के साथ अपने मायके गई हैं और मिश्रीलाल माँ के साथ अपनी ससुराल। कहने को दोनों एक ही बातें हैं पर दोनों के बीच पहाड़ जैसा अन्तर है।

गणेश अपने पिता को मिश्रीलाल कह कर ही पुकारते हैं। बचपन में कौशल्या ने उन्हें सुधारने की बहुत कोशिश की पर गणेश की तोतली जबान में मिश्रीलाल अपना नाम सुनकर चहक उठते। उन्हें अपना नाम इतना सार्थक और प्यारा इसके पहले कभी न लगा था। गणेश बड़े हुए तो यह स्थिति बदल गई। बाद में तो उन्होंने इस बात की जी-तोड़ कोशिश की कि गणेश उन्हें पापा बुलाने लगें। कई बार मार भी पड़ी पर बात नहीं बनी तो नहीं बनी।

गणेश के माथे पर जो दाग है वह तब का है जब मिश्रीलाल ने पापा बनाम मिश्रीलाल के मसले पर नाराज होकर पाव का बटखरा उनके ऊपर फेंक मारा था। गणेश रो रहे थे, कौशल्या उनके साथ-साथ रो रही थीं। मिश्रीलाल अपनी दुकान से फिटकिरी का एक टुकड़ा लेकर आए थे और पत्नी से कहा था कि इसे पीसकर घाव पर लगाकर पट्टी बाँध दो। कौशल्या रोते हुए लगातार बड़बड़ाती रही थीं कि किस निर्मोही आदमी के पल्ले बँध गई हैं, जिसके ऊपर इकलौते पूत का दर्द भी नहीं व्यापता।

कौशल्या आधी ही सही थीं। मिश्रीलाल ने कुछ कहा भले नहीं पर दिन भर उनका हिसाब गड़बड़ होता रहा। यही नहीं, उस दिन के बाद मिश्रीलाल कहने पर भी उन्होंने गणेश की बातें वैसे ही सुनीं जैसे कि पापा या बाबू कहने पर सुनते।

ऐसा नहीं है कि गणेश ने उन्हें पापा या बाबू कहने की कभी कोशिश नहीं की या कि जानबूझकर किसी जिदवश उन्हें मिश्रीलाल कहते रहे। बात इसकी

उल्टी ही थी। गणेश ने अपनी तरफ से बहुत कोशिश की थी कि मिश्रीलाल की जगह पर पापा कहें। अकेले में बहुत सारा अभ्यास किया था पर जब भी वे सामने होते पापा कहते जबान को जैसे लकवा मार जाता। गणेश भीतर से पापा बोलते पर बाहर जो आवाज निकलती वह हमेशा मिश्रीलाल होती।

घर के आगे वाले हिस्से में मिश्रीलाल की किराने की दुकान है। दुकान की बगल से एक पतला-सा रास्ता दुकान के पीछे वाले कमरे में खुलता है। इसके बाद तीन कमरे और हैं। फिर आँगन है। आँगन में लाल गूदे वाले अमरूद का पेड़ है, जिसके नीचे एक चाँपाकल है। आँगन के बाद रसोई है। रसोई में जल निगम का नल लगा हुआ है, जिसमें सुबह घंटे भर पानी आता है। कौशल्या का रोज सुबह का एक काम यह भी है—घर के सभी बर्तनों में जरूरत का पानी भर के रखना।

रसोई के बाद फिर से दो कमरे हैं। कुछ इस तरह से जैसे माचिस की बहुत सारी डिब्बियाँ एक-दूसरे से जोड़कर रख दी गई हों और उनके बीच एक से दूसरी डिब्बी में जाने के लिए रास्ता बना दिया गया हो। बिना किसी योजना के। कैंची उठाई और जहाँ मन किया काट दिया। घर के एकदम पीछे वाले हिस्से में शौचालय और स्नानघर बना हुआ है। शौचालय का प्रयोग सब करते हैं पर स्नानघर का प्रयोग कौशल्या के अलावा और कोई नहीं करता।

घर के पीछे से कभी एक नहर गई थी जिसमें अब भी कभी-कभी पानी आ जाता है। बाकी समय में वह मुहल्ले भर का कचरा, गंदा पानी और मल-मूत्र अपने भीतर समोए बहती रहती है। मुहल्ले के ज्यादातर लोग अपने घरों का कूड़ा भी इसी नहर में ही फेंकते हैं।

कहने को दुकान सिर्फ आगे वाले कमरे में है पर घर का शायद ही कोई ऐसा हिस्सा हो जिसमें दुकान का कोई सामान न रखा हो। यह पूरा घर एक अव्यवस्थित गोदाम जैसा था जिसमें घर के तीनों सदस्य चूहों और काक्रोचों से बस थोड़ी ही बेहतर स्थिति में रहते। चूहे और काक्रोच घर में

कुछ इस कदर फैले हुए थे कि नींद और सपनों तक में जगह घेरने लगे थे। यहाँ तक कि जब गणेश ने डायरी लिखनी शुरू की तो उनकी डायरी का दूसरा ही पन्ना काक्रोच और चूहों के बारे में था।

चूहे और काक्रोच मिश्रीलाल की सनक थे। वे दिन भर काक्रोच और चूहे मारते रहते। मिश्रीलाल मरे हुए काक्रोचों को पीछे की नहर में फेंक आते पर पता नहीं कहाँ से अगले दिन उतने ही चूहे और काक्रोच फिर से प्रकट हो जाते। कई बार गणेश को लगता कि वे उन्हीं मरे हुए काक्रोचों के प्रेत हैं जो मिश्रीलाल से बदला लेने के लिए बार-बार लौट आते हैं।

पूरा घर मरे हुए काक्रोचों की गंध से भरा रहता। इस असहनीय गंध से बचने के लिए गणेश हींग, कपूर, कोई तीखी महक वाला तेल या लाल दन्त मंजन जैसी चीजें सूँघते रहते। कई बार कुछ भी सूँघने पर यह मरी गंध पीछा नहीं छोड़ती तब गणेश घर से बाहर भागते कि खुली हवा में साँस ले सकें। यहाँ तक कि घर के पीछे की नहर की गंध भी गणेश को अपने घर से बेहतर लगती जिसमें मुहल्ले भर की गन्दगी बजबजाती हुई बहती रहती।

माँ अक्सर पूछती कि गणेश उस बजबजाती नहर में क्या झाँकते रहते हैं। गणेश ने इस सवाल का जवाब कभी नहीं दिया। तब गणेश लोहे का वह किवाड़ बन्द करते और छत पर चले जाते। गाँव में जैसे एक-दूसरे से जुटे हुए बहुत सारे खेत होते हैं वैसे ही यहाँ एक-दूसरे से जुटी हुई बहुत सारी छतें हैं। हो सकता कभी यहाँ भी खेत ही रहे हों पर आज इससे क्या फर्क पड़ता है। असली बात यह है कि छत पर से देखने पर पीछे की तरफ अभी भी खेत और बाग दिखाई पड़ते हैं। गणेश अक्सर वहाँ जाते हैं।

घर में कई और भी अजीबोगरीब बातें थीं। जैसे कि घर के हर कमरे में घड़ियाँ टँगी हुई थीं। ये घड़ियाँ दुकान में बिकने वाले तमाम सामानों के साथ उपहारस्वरूप आई थीं। उनमें सामानों का प्रचार छपा हुआ है। ये घड़ियाँ टिकटिक करते हुए एक दिन चुपचाप बन्द हो जातीं। दोबारा चलने के लिए इन्हें सेल चाहिए और सेल कोई भी कम्पनी मुफ्त में नहीं देती। सेल वाली कम्पनियाँ भी नहीं कि चाहिए बैटरी माँगिए निप्पो।

इसी तरह बहुत सारी कलमें जहाँ-तहाँ पड़ी रहतीं जिनकी रिफिल की स्याही सूख चुकी होती। जर्दा-जाफरानी, बंधानी हींग, जय दुर्गे अगरबत्ती, हिन्दी सवार बीड़ी से लेकर चूहामार दवा तक के सालोंसाल पुराने बहुत सारे कैलेंडर थे जो दीवारों पर एक के ऊपर एक टँगे रहते। ज्यादातर कैलेंडरों में देवी-देवताओं के काल्पनिक चित्र थे तो कुछ ऐसे भी थे जिनमें कुछ प्राकृतिक दृश्य मसलन् पहाड़, जंगल, नदी या झरने आदि की तसवीरें भी होतीं। कुछ में सीधे-सीधे उनका प्रोडक्ट छपा रहता। नया साल आता तो पुराने कैलेंडरों के ऊपर नए कैलेंडर टाँग दिए जाते।

घर के अलग-अलग हिस्से अलग-अलग समय जी रहे थे। किसी कैलेंडर में जनवरी चल रही होती तो किसी दूसरे में अगस्त। एक घड़ी में कुछ बजा होता तो दूसरी में कुछ दूसरा। बल्कि ज्यादातर में तो समय रुक ही गया था। इस तरह से पूरे घर में समय भयानक अराजक रूप में पसरा हुआ था। गणेश इस अराजकता के साथ खेलना सीख ही रहे थे कि उनके हाथ एक डायरी लग गई।

यह डायरी किसी सुगंधित तेल के जरिये आई थी। इसके हर पन्ने पर सुगंधित तेल की शीशी बनी हुई थी। हालाँकि इसमें कोई गंध नहीं थी पर गणेश जब भी इसे अपने हाथ में लेते उन्हें सुगंधित तेल की तीखी गंध आती। गणेश देर तक तेल की उस तीखी गंध में अपनी नाक डुबोए रखते। शुरुआत के दिनों में डायरी लिखना भी उनके लिए एक ऐसी ही चीज थी। देर तक नाक को डुबोए रखने वाली चीज। इसमें गणेश वह सब कुछ लिख सकते थे जो वह सोचते थे।

युवाओं वाले सारे स्वाभाविक आवेग गणेश के भीतर थे। इसी आवेग के साथ वे अपने घर के बारे में सोचते और उन्हें कुछ समझ में न आता। उनका डायरी लिखना बस इसे समझने की एक छोटी-सी कोशिश थी। फिर तो इसमें वह सब बातें शामिल होती गईं जो उनके दिल और दुनिया का हिस्सा थीं। बस बबली की बात वे कभी नहीं लिख पाए। किसी ने देख लिया तो! बबली उनके भीतर भरी हुई थीं पर डायरी में अभी उसके नाम तक की ऐंट्री नहीं हुई थी।

जबकि उनके डायरी लिखने की शुरुआत ही बबली की तरफ आकर्षित होने से शुरू हुई। जैसे ही उनके भीतर प्रेम के फूल खिले, उनका सोचने-समझने का तरीका ही बदल गया। अब तक जिन चीजों पर उन्होंने कभी ध्यान ही नहीं दिया था वे एकदम ठोस होकर उनके भीतर का हिस्सा बन गईं। जब वे बबली की खूबसूरती की तरफ आकर्षित हुए तो उन्हें दुनिया भर की बदसूरती भी ज्यादा साफ होकर दिखने लगी। उन्हें यह सब देखने के लिए कहीं दूर जाने की जरूरत नहीं थी।

डायरी में गणेश ने सबसे पहले घर में फैली हुई बू के बारे में लिखा। माँ के बारे में लिखा। पीछे की नहर के बारे में लिखा। दीवारों पर टँगी हुई बन्द घड़ियों के बारे में लिखा। एक के ऊपर एक टँगे हुए कैलेंडरों के बारे में लिखा। टँगे हुए कैलेंडरों के पीछे की दीवार के बारे में लिखा। दुकान और ग्राहकों के बारे में लिखा। अपने दोस्तों के बारे में लिखा। स्कूल के अध्यापकों के बारे में लिखा और लगातार लिखते ही गए।

घर में बहुत दिनों तक किसी को पता भी नहीं चला कि गणेश डायरी लिखने जैसा एक ऐसा काम कर रहे हैं जो इस खानदान में शायद ही कभी किसी ने किया हो। तो इसी क्रम में एक दिन गणेश ने मिश्रीलाल के बारे में लिखा। उनके गन्दे पाजामे, बंडी और कमीज के बारे में लिखा। गणेश ने मिश्रीलाल की दुकान के बारे में लिखा। उनके कानों के लम्बे-लम्बे बालों के बारे में लिखा। उनके हिसाब-किताब में डूबे रहने को लिखा। कमाल की बात यह थी कि गणेश ने यह सब मिश्रीलाल की गद्दी पर बैठकर लिखा।

मिश्रीलाल दुकान का सामान लाने गए थे। दुकान गणेश के हवाले थी। दोपहर का समय था। ग्राहकों का आना-जाना न के बराबर था। गणेश ने लिखा और लिख कर भूल गए। यह भूलना कुछ इस कदर था कि गणेश वह डायरी वहीं दुकान में छोड़ कर चले आए। इस तरह उनकी डायरी मिश्रीलाल के हाथ लग गई। मिश्रीलाल ने अनायास ही उसे पलटा और फिर पलटते ही रहे। डायरी में ऐसी तमाम बातें थी जो किसी भी तरह से उनके हिसाब-किताब में नहीं समा रही थीं।

मिश्रीलाल ने गणेश को बुलाया। वह उसी गद्दी पर बैठे हुए थे जिस पर बैठकर गणेश ने डायरी में अपनी बातें दर्ज की थीं। उन्होंने गणेश से कहा कि वह क्या वाही-तबाही सोचता रहता है और उसकी हिम्मत क्या इस कदर बढ़ गई है कि वह सरेआम अपने बाप के बारे में जो मर्जी आएगी सो लिख देगा। लोग सही कहते हैं कि ज्यादा पढ़ने-लिखने से दिमाग खराब हो जाता है। मिश्रीलाल ने कहा कि क्या तुम इतने मनबढ़ हो गए हो कि ये घर तुम्हें भूतों का डेरा नजर आता है। जिस दिन चवन्नी भी कमाने लायक हो जाना उस दिन बात करना।

गणेश मुँह लटकाकर चले आए। उन्हें शर्म और गुस्सा एक साथ आ रहे थे। गलती मिश्रीलाल की न होकर उनकी ही थी। वे डायरी दुकान में कैसे छोड़कर आ सकते थे। पर यहीं पर यह बात भी उनके ध्यान में आई कि मान लो कि यह डायरी उनके कमरे में ही रखी होती और मिश्रीलाल के हाथ लग जाती तो क्या वे इसे नहीं पढ़ते? शर्तिया पढ़ते। तो क्या किया जाय? यह कैसे हो कि गणेश जो भी लिखें उसे मिश्रीलाल तो क्या कोई भी और न पढ़ पाए।

दिन भर की मेहनत के बाद गणेश ने अपनी डायरी लिखने का एक नया सूत्र तैयार किया। सूत्र था—अ+5 = अ। यानी कि गणेश को जो भी अक्षर लिखना होगा, गणेश वह न लिखकर उसके आगे का पाँचवाँ अक्षर लिखेंगे। यानी कि क की जगह पर च। यह तय करते ही गणेश ने अपनी पीठ ठोंकी और मान लिया कि उनकी निजता हमेशा-हमेशा के लिए सुरक्षित हो गई है। इसके बाद गणेश ने अपने कमरे में बैठकर दोबारा डायरी लिखी और इस बात के लिए मिश्रीलाल की काफी मजम्मत की कि उन्हें अपने बेटे की निजता की परवाह नहीं है।

गणेश ने जान-बूझकर अपनी डायरी सामने ही पड़ी रहने दी। ऐसी जगह पर जहाँ उस पर मिश्रीलाल की नजर जाए ही जाए। गणेश ने डायरी इस तरह से रखी कि अगर वह हवा से भी हिले तो गणेश को पता चल जाए। अपनी समझ में गणेश ने बड़ा तीर मार लिया था पर मिश्रीलाल के

भीतर उनकी डायरी को लेकर एक सघन उत्सुकता घर कर गई थी। दूसरे दिन ही गणेश को पता चल गया कि मिश्रीलाल इतने भी बोदे नहीं हैं जितना वे उन्हें समझे हुए थे।

मिश्रीलाल ने गणेश को बुलाया और पूछा कि चल क्या रहा है तुम्हारे दिमाग में? क्या तुम सलीम की तरह अपने पिता अकबर से बगावत पर उतारू हो? मिश्रीलाल ने कहा कि ऐसे खेल वे बहुत खेल चुके हैं। उन्होंने एक तंजिया हँसी के साथ गणेश को चुनौती-सी दी कि खेलना ही है तो कुछ कठिन खेलो, तुमको भी मजा आए और मेरा भी कुछ मनोरंजन हो। मुझे भी तो पता चले कि बगावत की आग कहाँ तक पहुँची है।

गणेश शर्म और गुस्से से गड़ गए पर जैसे ही वह पिता के सामने से हटे, एक ढीठपना उनके अन्दर दोबारा आ बैठा। इसी के साथ गणेश को अपनी गलती समझ में आई। गणेश ने जो फार्मूला बनाया था उसमें व्यंजन तो अपनी जगह बदल रहे थे पर मात्राएँ जस की तस बनी हुई थीं। बाकी की कमी वाक्य के अन्त पर पूरी हो गई होगी। है की जगह खै, था की जगह फा। कितने मूर्ख थे गणेश! दिन भर हिसाब-किताब में डूबे रहने वाले मिश्रीलाल के लिए इतना आसान सा सूत्र!

अगला पूरा दिन गणेश ने नया सूत्र बनाने में लगा दिया। इस बार मात्राओं की जगह भी बदली। है, हैं, था आदि में कुछ निर्रथक अक्षर जोड़े और उन्हें वाक्य की शुरुआत में ही ले आए। अब उनके पास एक नई भाषा थी। और जब मिश्रीलाल खुद को अकबर और गणेश को सलीम सम्बोधित कर ही चुके थे तो जरूरी हो गया था कि डायरी में अनारकली की ऐंट्री भी करवा ही दी जाय।

यहीं पर मिश्रीलाल के बारे में वह बात बता दी जाय जो शुरू में छूट गई थी और उनकी पूरी धज के साथ जरा भी मेल नहीं खाती। मिश्रीलाल कस्बे के इकलौते सिनेमाहाल गंगा टॉकीज में लगने वाली सारी फिल्में देखते हैं। शुक्रवार को बाजार बन्द रहता है इसलिए मिश्रीलाल का शुक्रवार की शाम छह से नौ का शो फिक्स है। बस यही एक चीज थी जो अभी

भी उन्हें पुराने मिश्रीलाल से जोड़े हुई थी। अकबर और सलीम ने इसी रास्ते से उनके भीतर जगह ली होगी और अब अनारकली की ऐंट्री गणेश की तरफ से होगी।

अगले दिन अपने नए सूत्र का प्रयोग करते हुए गणेश ने फिर से डायरी लिखी। डायरी में उन्होंने दो छत दूर की अपनी अनारकली बबली के बारे में लिखा। बबली के सामने यह बात कहने की हिम्मत उनमें नहीं थी। पर जब वे डायरी लिखने बैठे तो उनमें यहाँ तक हिम्मत आ गई कि उन्होंने उसका हाथ पकड़कर उसे अपने पास बैठा लिया। बबली ने भी हाथ छुड़ाने की कोई कोशिश नहीं की और गणेश से सटकर बैठ गई। ये सब लिखते हुए गणेश के भीतर ऐसी सनसनाहट प्रकट हुई जैसे सच में ही बबली उनसे सटकर बैठी हो।

जब यह रोमांच कम हुआ तो न जाने कैसे गणेश को माँ की याद आ गई। जब माँ बबली की उम्र की रही होंगी तब कैसी दिखती रही होंगी? माँ की तब तक शादी हो गई थी। क्या पता गणेश पेट में भी रहे हों। कल्पनाओं में माँ बबली से ज्यादा खूबसूरत लगीं। तब गणेश ने मिश्रीलाल के बारे में सोचा। गणेश की उमर में उनकी शादी हो गई थी। क्या मिश्रीलाल तब गणेश की तरह दिखते रहे होंगे? दोनों क्या कभी वैसे ही सटकर बैठे होंगे जैसे अभी वह और बबली बैठे हुए थे। गणेश जिस गति से यह सब सोच रहे थे लगभग उसी गति से यह सब लिखते भी जा रहे थे।

तभी यह सवाल भी कागज पर उतरा कि गणेश माँ के बारे में इतना कम क्यों सोचते रहे हैं, जबकि मिश्रीलाल अच्छे या बुरे किसी न किसी रूप में उनके खयालों में हमेशा रहे हैं। क्या मिश्रीलाल ने कभी माँ की सुन्दरता पर ध्यान दिया होगा या हमेशा हींग और मसालों की गंध में ही खोए रहे होंगे? क्या दुकान का हिसाब-किताब दुरुस्त रखने के चक्कर में मिश्रीलाल के हाथ से जीवन का हिसाब-किताब फिसलता गया है!

डायरी जिस दिशा में जा रही थी वह गणेश के लिए छोटे मुँह बड़ी बात थी। लिखते-लिखते गणेश रुक गए। उन्होंने डायरी बन्द की और माँ के

पास जाकर बैठ गए। माँ सब्जी काट रही थीं। गणेश बगल में बैठकर लहसुन छीलने लगे। माँ ने गणेश को लहसुन छीलते देखा तो चौंक-सी गईं। माँ ने कहा कि तुम जाओ काम करो अपना। यह मैं कर लूँगी। गणेश ने कहा कि उनके करने में क्या दिक्कत है। किसी को तुम्हारा हाथ भी तो बँटाना चाहिए। माँ मुस्कराई, फिर बोली, तो शादी कर दें अब तुम्हारी?

रात में जब गणेश लेटे तो उन्हें यह बात याद आई कि आज उन्होंने जीवन में पहली बार लहसुन छीला है। इसी के साथ भीतर यह सवाल भी उभरा कि माँ कितने सालों से लहसुन छील रही हैं? और क्या कभी मिश्रीलाल ने भी लहसुन छीला होगा? माँ के साथ या कि अपनी माँ के साथ? फिर गणेश को माँ की मुस्कराहट याद आई। गणेश ने याद करने की कोशिश की कि इसके पहले माँ को मुस्कराते हुए उन्होंने कब देखा था। गणेश को नहीं याद आया।

इसी मुस्कराहट की डोर के सहारे उन्हें माँ द्वारा उनकी शादी को लेकर किया गया मजाक याद आया। और जब यह याद आया तो साथ-साथ बबली भी वापस आ गई। गणेश डायरी वापस ले आए और जहाँ पर बात छोड़ी थी उसके आगे उनके मन के बाहर या भीतर जितनी भी बातें थीं सब लिख डालीं। लिखने के क्रम में गणेश—जो अपने इस नाम से अक्सर दुखी रहते थे—ने अपना नया नामकरण किया...बबलू। बबली की तर्ज पर। जैसे ही गणेश ने यह किया उनके भीतर कुछ जोर से बजा जिसकी गूँज में वे देर तक बजते रहे।

सुबह गणेश छत पर गए तो गणेश को लगा कि बबली उन्हें देखकर मुस्करा रही है। वे अपने आप से ही चौंक गए। बबली की मुस्कराहट गणेश को अच्छी लगी। उन्होंने हाथ ऊपर उठाया और इस तरह से हिलाया जिसे हाथ हिलाना भी माना जा सकता था और हाथ झटकना भी। जवाब में बबली ने भी हाथ हिलाया जिसे हर हाल में हाथ हिलाना ही कहा जा सकता था। गणेश का दिल इतनी तेज धड़क रहा था कि अगर वह अपने सीने पर हाथ न रख लेते तो वह बाहर ही आ जाता।

कॉलेज में गणेश का कुछ खास मन न लगा। दिन भर वे बबली के खयालों में खोए रहे। अचानक कोई खुशबू आती और उन्हें महका कर चली जाती। वे बिना किसी बात के खुद को खुशी से भरा हुआ पाते तो दूसरे ही पल उतनी ही उदासी उनके भीतर बरस रही होती। दोपहर बाद जब वे कॉलेज से लौटे तो साथ में कॉलेज की एक भी स्मृति उनके साथ नहीं आई। वे बबली के साथ गए थे और बबली के साथ ही लौट आए।

घर आने के बाद गणेश किसी न किसी बहाने छत पर पहुँच जाना चाहते थे। यह शुक्रवार का दिन था। मिश्रीलाल घर में नहीं थे। वे कहीं गए थे और वहाँ से उन्हें गंगा टाकीज में पिक्चर देखते हुए लौटना था। गणेश माँ के साथ बैठे हुए कुछ इधर-उधर की बतिया रहे थे पर उनका मन छत पर भटक रहा था। थोड़ी देर में गणेश छत पर पहुँच गए पर बबली तो क्या बबली की परछाईं भी कहीं नहीं दिख रही थी। बबली को क्या पता कि गणेश छत पर आए हैं, गणेश ने खुद को दिलासा दी।

अगले दिन गणेश सोकर उठे ही थे कि मिश्रीलाल कमरे में डायरी लहराते हुए हाजिर थे। उन्होंने बिना कुछ पूछे गणेश को थप्पड़ मारा कि अब तुम इतने बड़े हो गए हो कि माँ-बाप की प्रेम कहानी लिखोगे? तुम माँ-बाप के जीवन में झाँकोगे? और ये बबली कौन है जिससे तुम अपनी माँ की तुलना कर रहे थे। इसके बाद मिश्रीलाल ने एक कहावत कही जिसका मतलब यह था कि अभी पिछवाड़ा साफ करना तो आया नहीं और चले हैं बड़ी-बड़ी बात करने।

मिश्रीलाल का अचानक गरजना-बरसना कौशल्या की समझ में ही नहीं आया। जब उन्होंने पूछा कि हुआ क्या तो मिश्रीलाल ने कहा कि तुम्हीं ने इनको बिगाड़ कर रखा है नहीं तो इन्हें तो मैं एक दिन में तारे दिखा दूँ। जाहिर है कि कौशल्या को अब भी कुछ समझ में नहीं आया। जब तक वे दोबारा कुछ बोलतीं तब तक मिश्रीलाल रोज की तरह दुकान खोल रहे थे और गणेश ने चुप्पी साध ली थी।

गणेश समझ नहीं पा रहे थे कि उन्होंने ऐसी कौन सी बात डायरी में लिख दी जिससे माँ या पिता का अपमान या अवमानना होती थी। बहुत पहले

जब मिश्रीलाल ने पापा की जगह मिश्रीलाल कहने पर बटखरा फेंक मारा था तब से यह पहली बार था जब उन्होंने गणेश पर हाथ उठाया था। गणेश अवाक् और स्तब्ध से थे जब उन्होंने एटलस खोली।

भूगोल गणेश का प्रिय विषय है और एटलस देखते हुए तो वे पूरा का पूरा दिन बिता सकते हैं। नक्शे उन्हें इस तरह से रट गए हैं कि वे आँख मूँदे-मूँदे भी चाड, फिजी, पापुआ न्युगिनी, एस्टोनिया या बुर्किना फासो पर सही-सही उँगली रख देते हैं। वे इन देशों के बारे में और जानना चाहते हैं पर उनकी कोर्स की किताबें बस जरा-सा बताकर चुप हो जाती हैं। वे इन देशों के बारे में एक खास तरह की कल्पना में खोए रहते हैं। इस कल्पना में तरह-तरह के लोग हैं। तरह-तरह के भोजन हैं। कभी न देखे गए जीव-जन्तु हैं और पता नहीं क्या-क्या है।

गणेश जब कॉलेज के लिए निकले तो उनकी कॉलेज जाने की जरा-सी भी इच्छा नहीं हुई। उनके गालों पर मिश्रीलाल की उँगलियों के निशान थे जिन्हें धीरे-धीरे ही मद्धिम पड़ना था। वे नहर के दूसरी तरफ के उस बाग में चले गए जो उन्हें हमेशा अपनी तरफ बुलाता रहता था। जैसे जादू के जोर से वहाँ उन्हें बबली मिल गई जो अपनी किसी दोस्त के साथ वहाँ पर पहले से ही उपस्थित थी। वे अपने में इस तरह से उलझे हुए थे कि यह भूल ही गए थे कि बबली यहाँ पर उनसे ही मिलने आई है। उन्होंने बबली को देखा और अचम्भे से भर गए। फिर उनका हाथ अनायास ही अपने गाल पर जाकर रुक गया।

दूसरी तरफ मिश्रीलाल का हिसाब दिन भर गड़बड़ाता रहा। वे किसी को ज्यादा किसी को कम लौटाते रहे। उन्हें बार-बार वह बटखरा याद आता रहा जिससे उन्होंने बचपन में गणेश को चोट पहुँचाई थी। आखिर गणेश ने गलत क्या लिखा था जिस पर उन्हें इतना गुस्सा आया? यह सवाल मिश्रीलाल ने बार-बार अपने आप से पूछा और उन्हें एक बार भी इस बात का कोई

सन्तोषजनक जवाब न मिला। कौशल्या अलग नाराज थीं। सुबह से उन्होंने मिश्रीलाल की तरफ देखा भी नहीं था।

गणेश रोज के समय पर घर लौटे। उनके बाएँ गाल पर अभी भी मिश्रीलाल की उँगलियों के निशान छपे हुए थे। मिश्रीलाल दुकान पर ही थे। उन्होंने एक चोर-नजर से गणेश को आते हुए देखा और हिसाब-किताब में डूब गए। कौशल्या ने गणेश के लिए खाना परोसा और जब गणेश खा रहे थे तब कौशल्या की उँगलियाँ गणेश के गालों पर आईं और आकर चली गईं। बदले में गणेश और कौशल्या की आँखों में एक साथ आँसू आए और देर तक आँखों में ही टँगे रहे।

रात में गणेश डायरी लिखने बैठे तो उनसे कुछ लिखा नहीं जा रहा था। उनके मन में आया कि बहुत हुआ। अब ये खेल बन्द ही हो जाना चाहिए। गणेश इस बात से आहत थे कि मिश्रीलाल ने फाउल खेला था। उन्होंने अगर कुछ गलत लिखा था तब भी वह थप्पड़ जायज नहीं था जो उनके गाल पर पड़ा था। अगर गलती करने पर किसी को मारा जा सकता है तो यह बात हर बड़े-छोटे पर समान भाव से लागू होनी चाहिए। खेल के नियम पिता और पुत्र के लिए अलग-अलग नहीं हो सकते।

गणेश ने तय किया कि वे खेल के बीच में मैदान छोड़कर नहीं भागेंगे। वे मिश्रीलाल को बाध्य करेंगे कि वे खेल के नियमों का पालन करें। इसके लिए सबसे पहले उन्हें एक नया सूत्र चाहिए था। उनके पिछले सारे सूत्र मिश्रीलाल ने डिकोड कर लिए थे। गणेश इस बात से अभी भी अचरज में थे पर इस बात ने उनके भीतर पिता का कद बढ़ा दिया था। इसलिए इस बार वे उनके सामने ऐसी चुनौती पेश करना चाहते थे जिसका कोई तोड़ मिश्रीलाल के पास न हो।

गणेश ने इस बार अपने लिए एक नई लिपि ही बना डाली। हर अक्षर के लिए नया निशान, हर मात्रा के लिए नया संकेत। यह मिश्रीलाल के फाउल का जवाब था। अपनी नई लिपि में उन्होंने अपना पूरा दिन लिख डाला। वह सब लिखा जो सुबह से उन्हें मथ रहा था। मिश्रीलाल के बारे में वह सारी बातें लिखीं जो उनकी आँख में तिनके की तरह करकती रहती थीं।

गणेश ने दोबारा अपने घर को भूतों का डेरा लिखा। उन्होंने माँ की इस पुरानी शिकायत पर लिखा कि मिश्रीलाल कभी भी उनके साथ गणेश के मामा के यहाँ नहीं गए। उन्होंने लिखा कि इस घर में काक्रोच ही काक्रोच हैं और इससे भी गिजगिजी बात यह है कि सबसे बड़े वाले काक्रोच मिश्रीलाल हैं। उन्होंने घर में सब तरफ पसरी हुई असहनीय गंध के बारे में लिखते हुए उन सब का स्रोत मिश्रीलाल को बताया और यह सब लिखकर मिश्रीलाल के सिरहाने रख आए।

मिश्रीलाल अँधेरे कमरे में आँख मूँदे लेटे हुए थे। उनकी आँखों में वह दृश्य बार बार चुभ रहा था जिसमें वह गणेश को थप्पड़ मार रहे थे। वे समझ नहीं पा रहे थे कि उनके अन्दर अचानक इतना गुस्सा कहाँ से आ गया था। गलत क्या लिखा था गणेश ने। यही तो सही शकल है उनकी। तो क्या वे अपनी ही शकल बर्दाश्त नहीं कर पाए थे! इस सवाल के सन्नाटे में जब वे अपने भीतर उतरे तो उनकी डबडबाई हुई आँखों में एक के बाद एक न जाने कितनी फिल्में गड्डमड्ड होती गईं।

यह सब एक अन्यायी बँटवारे से शुरू हुआ था। पिता की मौत के बाद दुकान मिश्रीलाल के बड़े भाई मेवालाल सँभालते थे। मिश्रीलाल उन दिनों बड़े भाई की भक्ति और कौशल्या के खुमार में एक साथ खोए हुए थे। यह खुमार तब टूटा जब एक दिन उन्हें पता चला कि दुकान बड़े भाई ने पूरी तरह से अपने नाम कर ली है। मेवालाल का कहना था कि जब उन्होंने दुक़ान सँभाली तब दुकान टूटने के कगार पर ही थी और जब वे अपनी जवानी गलाकर दुकान दोबारा खड़ी कर रहे थे तब मिश्रीलाल ऐश कर रहे थे।

मिश्रीलाल भाई की इस बेईमानी से सदमे जैसी हालत में थे। ऊपर से बड़े भाई के प्रति उनकी भक्ति और प्रेम को लेकर कौशल्या द्वारा मारे गए ताने ने उन्हें अपने ही भीतर कैद कर दिया। वे एक तरफ जहाँ कौशल्या से दूर होने लगे वहीं दूसरी तरफ भीतर यह भी जिद उभरी कि वे भी दुकान

ही चलाएँगे और बड़े भाई से बेहतर और बड़ी दुकान चलाकर दिखाएँगे। कौशल्या जब तक इस बात को समझ पातीं तब तक वे प्रेमी की बजाय हमेशा हिसाब-किताब में डूबे रहने वाले दुकानदार बन चुके थे।

इस पूरी रात उनका अपना जीवन उनके सामने ऐसे चलता रहा जैसे वह बड़े पर्दे पर कोई फिल्म देख रहे हों। इसमें पुरानी पारिवारिक फिल्मों की तरह समर्पिता पत्नी कौशल्या थीं। कौशल्या से उनका अपार प्रेम था। उन दोनों का इकलौता बेटा गणेश था जिस पर दोनों नेह लुटाते रहते थे। इसके बाद बेईमान भाई था। कौशल्या का तंज था। वैराग्य जैसी तटस्थता में बदलता हुआ प्रेम था। घर भर में पसरी हुई दुकान थी। गणेश को मारा गया थप्पड़ था।

आज जब वे अपना खुद का सिनेमा देख ही रहे थे तो उन्हें ऐसे बहुत सारे दृश्य दिखाई पड़े जो पहले देखने से रह गए थे। उन्हें कौशल्या के दुख और रुलाइयाँ दिखाई पड़ीं। कौशल्या के जिस तंज ने मिश्रीलाल को पूरी तरह से बदल दिया था वह गलत था क्या? कौशल्या ने उन्हें मेवालाल के बारे में बार-बार चेताया था पर हर बार उन्होंने कौशल्या को झिड़क ही दिया था। इसके बावजूद कौशल्या ने हर बार उन्हें माफ कर दिया था। वे ऐसा क्यों नहीं कर पाए?

उधर कौशल्या अलग ही गुम थीं। उन्हें उस तनाव भरे खेल के बारे में कुछ नहीं पता था जो पिता और पुत्र के बीच चल रहा था। घर में तीन लोग थे और तीन अलग-अलग कमरों में आँखें बन्द किए पड़े थे। मिश्रीलाल ने डायरी उठाई जो गणेश उनके सिरहाने रख गए थे। वे देर तक डायरी को कुछ इस तरह से सहलाते रहे जैसे गणेश के गाल सहला रहे हों। फिर वे उठे और जाकर कौशल्या की बगल में लेट गए।

दोनों पिछले कई सालों से अलग-अलग सो रहे थे। कौशल्या को मिश्रीलाल की गंध से उनके बगल में होने का पता चल गया पर वे सोने का अभिनय करते हुए लेटी रहीं। जैसे ही मिश्रीलाल ने उन्हें पीछे से अपनी बाँहों में भरा वे सिहर उठीं और उनका अभिनय टूट गया। वे उठ बैठीं और बोलीं

कि आज तुम्हें हुआ क्या है जो सुबह से एक के बाद एक कारनामे किए जा रहे हो? मिश्रीलाल कुछ नहीं बोले। कौशल्या ने उन्हें छुआ तो पाया कि वे काँप रहे हैं। मिश्रीलाल बेआवाज रो रहे थे। कौशल्या स्तब्ध रह गईं। यह पहला मौका था जब उन्होंने मिश्रीलाल को रोते हुए देखा था।

सुबह गणेश ने घर में नई गंध महसूस की। यह उनके लिए पूरी तरह से अबूझ थी। वे मिश्रीलाल के कमरे में झाँक आए। डायरी सिरहाने पड़ी थी जो उन्होंने पड़ी ही रहने दी। अपने कमरे में लौटते हुए उन्हें माँ का चेहरा भी अलग-सा लगा। गणेश की समझ में कुछ भी नहीं आया। वे जैसे इस बदलाव से बचते हुए छत पर चले आए। बबली अपनी छत पर मौजूद थी।

अगले दिन जब गणेश कॉलेज से लौटकर आए तो देखा कि पूरा का पूरा घर बिखरा हुआ पड़ा है। दीवारों पर से सारी घड़ियाँ और कैलेंडर नीचे उतर आए थे। उनकी जगह दीवारों पर गोल, चौकोर या आयताकार निशान दिखाई दे रहे थे। ये निशान बाकी दीवार की तुलना में चमक रहे थे। कौशल्या का चेहरा भी इसी तरह से चमक रहा था। गणेश ने अचरज से माँ की तरफ देखा। माँ ने बताया कि घर की पुताई होनी है। तुम भी अपनी किताबें वगैरह ढंग से साफ करके रख लो।

घर में जो कुछ भी हो रहा था उसे गणेश कौतुक से देख रहे थे। मिश्रीलाल से गणेश की बातचीत तकरीबन बन्द चल रही थी। उनकी वह डायरी मिश्रीलाल के सिरहाने कई दिन पड़ी रही थी। गणेश तय नहीं कर पा रहे थे कि मिश्रीलाल उनकी नई लिपि पढ़ पाए हैं या नहीं पर घर में आए बदलाव इतने साफ थे कि गणेश चौंक-चौंक जाते। एक दिन उन्होंने मिश्रीलाल को माँ की बगल में बैठकर सब्जी काटते देखा और अगले दिन तो उनके अचरज की सीमा ही नहीं रही जब माँ ने उन्हें मुस्कराते हुए बताया कि वे मिश्रीलाल के साथ पिक्चर देखने जा रही हैं।

और एक दिन गणेश ने मिश्रीलाल और कौशल्या को मामा के यहाँ जाने की तैयारी करते देखा। मामा के नए घर का गृहप्रवेश होना था जिसमें शामिल होने के लिए दोनों जा रहे थे। दो दिन दुकान गणेश के हवाले थी। कौशल्या मुस्कराते हुए गणेश के पास आईं। उन्होंने कहा कि तुम्हारे पापा पूछ रहे हैं कि तुम्हारे कपड़े प्रेस हैं क्या? कह रहे हैं कि उनके पास ससुराल जाने लायक कोई कपड़ा ही नहीं है।

जब दोनों घर से निकलने वाले थे गणेश मिश्रीलाल के पास गए। गणेश ने उनसे पूछा कि उन्होंने उनकी लिखी आखिरी डायरी पढ़ ली थी क्या? जवाब में मिश्रीलाल मुस्कराए। गणेश ने विस्मित स्वर में पूछा, मगर कैसे? मिश्रीलाल ने कहा कि मिश्रीलाल की मदद से। मैं तुम्हारे लिखे में सबसे पहले अपना नाम खोजता था। एक बार यह मिला नहीं कि बाकी सब कुछ मेरे सामने खुलता चला जाता था।

गणेश एक साथ विजित और विजेता दोनों ही भावों से भर गए। उन्होंने मुग्ध होकर मिश्रीलाल की तरफ देखा। मिश्रीलाल शरमा-से गए।

कौशल्या और मिश्रीलाल मामा के यहाँ जाने के लिए निकले तो गणेश की समझ में ही नहीं आया कि वह अकेले करें क्या। वह बहुत खुश थे। उन्होंने पहली बार मिश्रीलाल और कौशल्या को एक साथ इतना खुश देखा था। गणेश खुशी के मारे रोने-रोने को हो आए। खुशी की बात यह भी थी कि घर में उन्हें रोते हुए देखने वाला कोई नहीं था। बबली आए इसके पहले वह आराम से रो सकते थे।

बिच्छू

प्राइमरी स्कूल एकदम घर के सामने था, मुश्किल से दो सौ मीटर दूर। यह इतना नजदीक था कि जब मेरा एडमिशन नहीं कराया गया था तब भी जब मेरा मन करता मैं स्कूल घूम आता। स्कूल में सब मुझे जानते थे। इसकी वजह यह नहीं थी कि मैं दूसरों से कुछ अलग था बल्कि इसके कुछ जमीनी कारण थे।

पहला कारण यह था कि स्कूल में अध्यापकों के पीने का पानी मेरे घर के कुएँ से जाता था। स्कूल में एक कुआँ जरूर था पर उसका पानी बदबू मारता था। स्कूल से सबसे नजदीकी घर मेरा था सो दिन भर बच्चे पानी पीने के लिए आया करते। आजी उन्हें जी भर गरियातीं पर ऐसा कोई दिन होता कि बच्चे न आते तो भी उन्हें गाली ही बकनी पड़ती कि आज तो कोई महरानीगाड़ा दिखाई ही नहीं दे रहा है। गालियाँ आजी की भाषा की सबसे केन्द्रीय चीज थीं। वह किसी को प्यार करतीं तब गालियाँ बकतीं और नाराज होतीं या नफरत करतीं तब तो बकतीं ही। हमारी मुश्किल यह थी कि हम कई बार गाली और गाली में फर्क नहीं कर पाते थे।

दूसरा कारण यह था कि मेरे यहाँ नरकुल दूर-दूर तक फैले हुए थे। यह उस जमाने की बात है जब कम से कम चौथी-पाँचवीं तक डॉट पेन के

तो दर्शन ही नहीं होते थे। फाउंटेन पेन भी किसी-किसी के पास ही होती थी। ज्यादातर बच्चे या तो नरकुल की कलम से लिखते थे या सेंठा की कलम से। जिन लोगों के घर पर सेंठा (सरपत) या नरकुल होता था वे बच्चों और उनके अभिभावकों के बीच विशेष रूप से आदर और ध्यान के केन्द्र में होते थे। तो पूरे स्कूल के लोगों द्वारा मुझे जानने की दूसरी वजह नरकुल थे।

इसी तरह से तीसरे, चौथे और पाँचवें कारण भी थे।

यह तब की बात है जब मैं चौथी पास कर चुका था। तब तक स्कूल में मुझे जानने की निजी वजहें ज्यादा प्रभावी हो चली थीं। जैसे कि एक बार डिप्टी साहब के आने पर मैंने गणित के सारे सवालों के जवाब सही और खटाखट दिए थे। जैसे कि मेरी चुटैया क्लास में सबसे लम्बी थी। जैसे कि मैंने कुछ बार आजी की गुल्लक से पैसे चुराए थे और पूरे स्कूल में छँटे हुए चोर के रूप में जाना गया था। जैसे कि स्कूल एकदम नजदीक होने की वजह से मेरे घर के चिढ़ाने वाले नाम स्कूल तक पहुँच गए थे। जैसे कि मैं बच्चों को उनके पास उपलब्ध मेरी पसन्द की चीजों के बदले नरकुल की कलम उपलब्ध कराया करता था। ये चीजें नीबू, आम, करौंदे, बड़हल, गन्ने, गुड़ का चिटका या गुड़ से बनी कुछ दूसरी चीजें होती थीं।

गाँव में ज्यादातर घरों की तरह मेरा घर भी कच्चा था। मिट्टी और खपड़ैल से बना हुआ। नरकुल की बहुत सारी उपयोगिताओं में से एक यह भी थी कि उसे खपड़ैल के नीचे बतौर छाजन भी बिछाया जाता था। बाबू यह काम खुद से ही करते और मैं या दीदी उनके सहायक होते। यह सहायता गीली मिट्टी तैयार करना, उसे ऊपर पहुँचाना, छाजन ऊपर पहुँचाना, खपड़े और नरिया आदि ऊपर पहुँचाना आदि-आदि होती।

जिस दिन की बात है उस दिन इसी तरह के आदि-आदि कामों में एक की जिम्मेदारी मुझ पर थी। बाबू सुबह बाहर जाते हुए मुझसे कह कर गए थे कि मैं छाजन के लिए बहुत सारा नरकुल काट कर रखूँ। तो मैं नरकुल

काट रहा था और यह करते हुए उन नरकुलों को अलग से रखता जा रहा था जिनसे कि सुन्दर कलमें निकल सकती थीं। मैं अपने काम में पूरी तरह से डूबा हुआ था पर साथ में यह भी सोच रहा था कि इन कलमों के बदले मुझे क्या-क्या चीजें हासिल हो सकती थीं।

एक तेज चिहुँक के साथ मेरा ध्यान भंग हुआ। मेरे दाहिने पैर की छोटी उँगली में जैसे किसी ने सुई चुभो दिया था। मैंने तेजी से नीचे देखा तो मुझे मेरी उँगली पर जोंधरी के लाल दाने जैसी कोई चीज दिखाई दी और गायब हो गई। जब तक मैं कुछ समझ पाता दर्द की एक चक्करदार लहर मेरे घुटनों तक पहुँच गई। मैं कुल्हाड़ी जहाँ की तहाँ छोड़कर बाहर भागा। यह दर्द भयानक, अजीब और नया था जिसका अनुभव मैंने पहले कभी नहीं किया था।

मैं जब तक उछलते हुए बाहर आया तब तक माँ और आजी तक मेरी चीख पहुँच चुकी थी। मेरे पैर में जैसे धीमी गति से बिजली का करेंट दौड़ रहा था। तब तक हमारे यहाँ बिजली नहीं थी पर मैंने करेंट के बारे में ऐसा ही कुछ सुन रखा था। तो माँ के पूछने पर मैंने बताया कि मेरे पैर में करेंट लग रहा है। माँ करेंट से क्या समझतीं जबकि बिजली के बिना तार वाले खम्भे भी कहीं दूर-दूर तक नहीं थे।

आजी के पूछने पर मैंने उन्हें अपने दाहिने पैर की छोटी उँगली पर जोंधरी के लाल-लाल दाने वाली बात बताई। आजी समझ गईं। उन्होंने पूछा कि बिच्छू था क्या? मैं क्या बताता जब मुझे बिच्छू कहीं दिखा ही नहीं था। तब तक दर्द की वह चक्करदार लहर मेरी कमर तक पहुँच चुकी थी। मैंने बताया कि ऐसा लग रहा है कि जगह-जगह पर मेरी खून की नसों को बाँध दिया गया है और बाँधने वाली जगहों पर कोई खूब जलन वाली चीज डाल दी गई है। अब शक की कोई गुंजाइश नहीं थी। आजी ने घोषित कर दिया कि मुझे बिच्छू ने डंक मारा है।

आजी ने अम्मा से कहा कि मटर की दाल के दाने भिगोकर ले आओ। छोटे भाई से कहा कि जाओ खूँटी बाबा को बुला लाओ। खूँटी बाबा किसान

थे और बिच्छू भी झाड़ते थे। जब तक खूँटी बाबा आए तब तक आजी मटर की दाल डंक की जगह पर चिपकातीं और थोड़ी-थोड़ी देर में अलग निकालती जातीं। ऐसा माना जाता था कि मटर की दाल उसी तरह से जहर अपने अन्दर सोख लेती है जैसे सँपेरे मुँह से चूसकर साँप के काटे का जहर निकाल देते हैं। हालाँकि इससे मेरे दर्द पर कोई असर नहीं पड़ रहा था। वह तेजी से ऊपर की तरफ बढ़ता जा रहा था।

खूँटी बाबा ने आते ही आजी को बगल किया और खुद मोर्चा सँभाल लिया। उन्होंने सिंकाई के लिए आग मँगाई और आग आने का इन्तजार किए बिना झाड़ना शुरू कर दिया। वह न जाने क्या बुदबुदाते हुए अपने दोनों हाथों से मेरे पैर पर तेज-तेज हाथ मार रहे थे। यह करते हुए उनके हाथ तेजी से ऊपर से नीचे की तरफ फिसल रहे थे। आजी मुझे बता रही थीं कि इस तरह से मेरा दर्द ऊपर से नीचे की तरफ आता जाएगा। यह जब आता तब आता। अभी तो दर्द बहुत था। मैं लगातर रो रहा था। खूँटी बाबा के आते ही अम्मा ने घूँघट काढ़ लिया था। घूँघट के नीचे वे भी रो रही थीं।

खूँटी बाबा जिस तरह से बिच्छू झाड़ रहे थे उससे मुझे कम दर्द नहीं हो रहा था पर बिच्छू के दर्द की तुलना में यह दर्द अच्छा लग रहा था। तब तक अगल-बगल से बहुत सारे लोग जुटने शुरू हो गए थे। वे मेरे बारे में बात कर रहे थे। वे बिच्छू के बारे में बात कर रहे थे। वे बिच्छू के डंक के बारे में बात कर रहे थे। मैं बिच्छू के ही बहाने सही पर बहुत सारे लोगों की बातचीत के केन्द्र में था। यह बात मुझे उस समय भी अच्छी लग रही थी।

लोग अपने बच्चों से तुलना करते हुए बता रहे थे कि मैं कितनी जिम्मेदारी से काम करता हूँ। उनके बच्चे तो कुछ सुनते ही नहीं। मैं बहुत सारा काम करता था यह बात सच थी। उन लोगों के बच्चे भी कम काम नहीं करते थे। पर इस समय अपनी तारीफ मुझे बहुत अच्छी लग रही थी। मैं कुछ-कुछ उस सैनिक की तरह महसूस कर रहा था जो मोर्चे पर बहादुरी से लड़ता हुआ घायल हुआ हो और अब सब उसकी बहादुरी की तारीफ कर

रहे हों। मैं दर्द में था। बहादुरी और शहादत का यह मिला-जुला भाव मुझे दर्द सहने की ताकत दे रहा था।

तभी बाबू आए। उन्होंने मेरी तरफ देखा ही था कि मैंने बताया कि मुझे बिच्छू ने काट लिया है। इसमें यह बात भी छुपी हुई थी कि उनका बताया काम करते हुए ही मेरी यह गति बनी है। बाबू ने जैसे मेरी बात सुनी ही नहीं। वे खूँटी बाबा से बतियाने लगे। खूँटी बाबा झाड़ना बन्द कर चुके थे और सुर्ती मल रहे थे। मुझे बहुत बुरा लगा। मेरा दर्द जो थोड़ा हल्का हुआ था फिर से बढ़ गया। मैं दोबारा कराहने लगा।

यह गर्मी का समय था। मुझे अचानक इतनी गर्मी लगी जितनी पहले कभी नहीं लगी थी। रोम-रोम से पसीने की धार फूट पड़ी। गर्मी और उमस के मारे मुझे घबराहट होने लगी। मैं हाँफने लगा। माँ ने पूछा कि क्या हुआ तो मैंने कहा कि मुझे बहुत तेज गर्मी लग रही है। आजी ने मुझसे नहाने के बारे में पूछा तो मैंने तुरन्त हामी भर दी। उन्होंने मुझसे कुएँ पर चलने के लिए कहा।

पानी का पहला लोटा मेरे सिर पर ढुरका ही था कि जैसे मेरे पूरे शरीर में काँटे उग आए। जब तक मैं और नहाने के लिए मना कर पाता तब तक और तीन-चार लोटा पानी मेरे ऊपर उड़ेला जा चुका था। मेरी जबान जैसे ऐंठ चुकी थी। मना करने की कोशिश में मेरे मुँह से कुछ अजीब सी आवाज निकली। कुछ न समझ पाने की स्थिति में मैंने माँ का हाथ पकड़ लियां। माँ को तब तक मेरी स्थिति का कुछ अन्दाजा मिल गया था। उन्होंने मुझसे पूछा कि क्या हुआ?

जवाब में मैंने उनसे कहने की कोशिश की कि मुझे ठंड लग रही है। मेरे पूरे शरीर में जैसे काँटे उग आए हैं। जीभ और गले में भी काँटे गड़ रहे हैं। यह सब मैंने अचानक बदल गई अपनी जबान से कहा। यह तुतलाने या हकलाने से एकदम अलग तरह का अबूझ स्वर था। माँ घबरा गईं। वह जल्दी-जल्दी अँगोछे से मेरी देह पोंछने लगीं। मेरी चीख निकल गई। ऐसा लगा जैसे जंग छुड़ाने वाले रेगमाल कागज से मुझे कस के रगड़ दिया गया हो। माँ ने अचानक से अपना हाथ खींच लिया। वे कुछ इस तरह से मेरी

देह पर का पानी सुखाने लगीं जैसे हम कॉपी पर गिर गई स्याही को सोख्ते से सुखाते थे।

इसके बाद उन्होंने मुझे चड्ढी लाकर दी। उसे पहनते हुए वह शरीर में जहाँ भी छूती जैसे कोई काँटा चुभ जाता। मैंने किसी तरह से चड्ढी पहनी। पाजामा पहनने से मैंने मना कर दिया। माँ ने मर्दानी धोती को दुहरकर उसे लुंगी की तरह मुझे पहना दिया। कमर के ऊपर मैंने कुछ भी पहनने से मना कर दिया। ओसारे में माँ ने मेरे लिए एक बिस्तर लगा दिया था। मैं बिस्तर पर चादर ओढ़कर लेट गया। लेटते हुए मुझे भूख महसूस हुई। मैंने सुबह से एक ढोंका गुड़ के अलावा कुछ भी नहीं खाया था। मैंने माँ से कुछ खाने को माँगा।

घर में अब तक कुछ बना ही नहीं था। खाना बनना शुरू होता उसके पहले ही सब मेरे आगे-पीछे व्यस्त हो गए थे। ऐसे में खाना बनाने की बात माँ के जेहन में आई ही नहीं। उन्होंने मुझसे चुप रहने के लिए कहा। थोड़ी देर में वे चार बड़े बड़े पके हुए केले लेकर आईं। केले घर के ही थे और खूब मीठे थे। मैं चारों केले खा गया। मेरा पेट भर गया। फिर उस दोपहर मैंने कुछ नहीं खाया।

दर्द धीरे-धीरे कम हो रहा था। शरीर में जो काँटे जैसा गड़ रहा था उसका भी असर कम हो रहा था। पर जबान की लड़खड़ाहट जस की तस बनी हुई थी। मैं कुछ भी साफ-साफ बोल नहीं पा रहा था। यह भी एक बात थी कि मेरी किसी से ज्यादा बात करने की इच्छा भी नहीं हो रही थी। मैं चादर ओढ़े दिन भर पड़ा रहा। बीच में शायद एक झपकी-सी आई जो न ही आती तो बेहतर था। उस झपकी के भीतर ऐसे ऐसे सपने थे जिन्हें देखते हुए मैं डर, उदासी और अकेलेपन से भर गया।

शाम तक दर्द उस कोटि में आ गया था जिसे मीठा-मीठा दर्द कहते हैं। ऐसा दर्द जो होता तो रहता है पर अपने होने के बारे में अलग से कुछ नहीं बताता। वह बना रहता है पर इसकी भी छूट देता है कि हम उसे बीच-बीच में भूल

भी जाएँ। कई बार यह दर्द भी कुछ इस तरह का झाँसा देता है कि जैसे वह हमेशा के लिए गायब हो गया है। जैसे कि वह कभी था ही नहीं। हम भी यही मान बैठते हैं और तब यह कई बार बिना किसी बात के ही बिच्छू की तरह डंक मारता है। और तब तक यह इतनी पुरानी बात हो जाती है कि हम कराह भी नहीं पाते। खैर।

रात में जब खाने की बात आई तो मैंने कहा कि मेरे मुँह में अभी भी काँटे गड़ रहे हैं। मैं रोटी-सब्जी नहीं खा पाऊँगा। पता नहीं क्यों पर मैंने झूठ बोला था। इस झूठ का नतीजा यह रहा कि थोड़ी देर बाद माँ दूध-भात लेकर आईं। दूध-भात तो हम अक्सर ही खाते रहते थे पर उसमें चीनी भी पड़ी थी। चीनी की वजह से यह भोजन दिव्य हो गया था। चीनी तब घर में उतनी ही आती थी जितनी राशन के कोटे से मिल पाती थी। मेरे भीतर का लालच मेरी जबान पर आ बसा था। मैंने खूब खाया।

इसके बाद मैं सो गया। बाद की जो बातें मैं लिखूँगा उनमें से बहुत सारी बातें मुझे माँ, दीदी या आजी से पता चलीं। तो मैं सो गया। सोने से पहले मेरे मन में दिन भर में जो कुछ भी घटा था उसकी एक झलक कौंध-सी गई। जब मैं सो गया तो यही झलक वहाँ भी थी। वहाँ एक बहुत बड़ा बिच्छू था जो घर के सामने की नहर पर आर-पार बैठा था। उसकी पूँछ से पुल बन गया था जिस पर चढ़कर मैं नहर पार कर रहा था। उसकी पूँछ पर से मैं नहर में कई बार कूदा। बड़ा मजा आया।

नहाते-नहाते मैं नहर में डूबने लगा। बिच्छू के डंक से पहले का लाल जोंधरी जैसा दाना बहुत बड़ा होकर पानी के भीतर मुझे दबा रहा था। मैं साँस नहीं ले पा रहा था। नहर का पानी मेरे मुँह में भर रहा था। मैंने किसी तरह पूरा दम लगाकर पानी से बाहर निकलने की कोशिश की। बाहर बिच्छू मेरे हाल पर हँस रहा था। बिच्छू का चेहरा एकदम बाबू की तरह दिख रहा था। मैं घबरा गया। घबराकर मैं उठ बैठा।

उठकर मुझे यह तो पता चल गया कि मैं नहर में न होकर अपने बिस्तर पर था। लेकिन दम तो मेरा बिस्तर पर भी घुट रहा था। मुझे साँस लेने में

तकलीफ हो रही थी। माँ ने पूछा कि बिच्छू के डंक का दर्द अभी भी हो रहा है क्या? मैंने कहा कि बिच्छू तो पेड़ पर चढ़ गया। आजी ने पूछा कि कुछ आराम लग रहा है? मैंने कहा कि हाँ साढ़े अठारह किलो। मैं इतना ही गेहूँ चक्की पर पिसने के लिए रख आया था।

मेरे जवाबों की प्रतिक्रिया यह हुई कि अम्मा और आजी रोने लगीं। बाबू जाग रहे थे पर लेटे हुए थे। वे भी उठ बैठे। यह रात का चौथा पहर रहा होगा जब उन्होंने साइकिल उठाई और श्रीवास्तव जी के यहाँ निकल गए। श्रीवास्तव जी बाबू के साथी अध्यापक थे और होम्योपैथी की शौकिया प्रैक्टिस करते थे। सामान्य जरूरत की एलोपैथिक दवाइयाँ भी उनके पास हमेशा मौजूद रहती थीं। बाबू को उन पर बहुत भरोसा था।

श्रीवास्तव जी ने उनकी बात सुनी और कहा कि घबराने की कोई बात नहीं है। बुखार में ऐसा कई बार हो जाता है। इसके बाद उन्होंने अपनी सुबह की दिनचर्या की चीजें दैनिक गति से निबटाईं। नहाए, तैयार हुए और साइकिल लेकर बाबू के साथ निकल पड़े। मुझे पता नहीं कि रास्ते में उन दोनों के बीच क्या क्या बातें हुईं। पर असली बात यह थी कि बाबू और श्रीवास्तव जी जब घर पहुँचे उस समय मैं बेहोश था और मुझसे साँस नहीं ली जा रही थी।

श्रीवास्तव जी मुझे देखकर घबरा गए। उनकी साथ लाई दवाएँ मेरे किसी काम की नहीं थीं। उन्होंने कागज पर किसी इंजेक्शन का नाम लिखा और कहा कि जितनी जल्दी हो सके यह मँगाइए। श्रीवास्तव जी का चेहरा देखकर बाबू स्थिति की गम्भीरता समझ चुके थे। वे दवा लाने के लिए साइकिल उठाने ही वाले थे कि श्रीवास्तव जी ने उन्हें रोक दिया। कहा, किसी और को भेजिए।

तब पड़ोस के ही एक लड़के पुत्तन को भेजा गया। पुत्तन हमारे पड़ोसी थे और बाबू तथा श्रीवास्तव जी के स्कूल में पढ़ते थे। तो पुत्तन गए और आए। बाद में पुत्तन ने बताया कि उन्होंने इतनी तेज साइकिल जीवन में दोबारा कभी नहीं चलाई। जब तक पुत्तन आए मेरी नाड़ी की गति इतनी धीमी हो चुकी थी कि पकड़ में नहीं आ रही थी। श्रीवास्तव जी ने तुरन्त मुझे एक

इंजेक्शन दिया, फिर दूसरा, फिर तीसरा। और तब थोड़ी देर बाद मैं दोबारा उस स्थिति में आ गया जब मैं बहकी-बहकी बातें कर रहा था।

श्रीवास्तव जी पूरे दिन घर पर ही रहे। शाम होने तक मैं ठीक हो रहा था। इसके बावजूद फेफड़ों में इतना दर्द हो रहा था कि हर आती-जाती साँस के साथ महसूस हो रहा था। मुझे बहुत कमजोरी लग रही थी। श्रीवास्तव जी ने बताया कि मुझे डबल निमोनिया हुआ था और कम से कम मुझे इक्कीस दिन बिस्तर पर आराम करना होगा और दवाएँ खानी होंगी। मैंने डबल निमोनिया नाम की कोई बीमारी पहले कभी नहीं सुनी थी। और यह भी कि बिच्छू के काटने से डबल निमोनिया हो जाता है।

श्रीवास्तव जी हँसने लगे। उन्होंने कहा कि इसका बिच्छू के डंक मारने से कोई सम्बन्ध नहीं है। इसी तरह से उन्हें यह समझाने में भी मेहनत करनी पड़ी कि डबल निमोनिया का मेरे नहाने, केले खाने या दूध-भात खाने से भी कोई सम्बन्ध नहीं है। यह इन सबकी एक बेमेल निरन्तरता की वजह से हुआ था, जिसकी शुरुआत मुझे बहुत तेज गर्मी लगने और घबराहट की प्रतिक्रिया में मेरे नहाने से शुरू हुई थी।

अगले दिन बाबू ने पूरा का पूरा नरकुल जला दिया। आजी पहले ही कई बार कह चुकी थीं कि नरकुल उजाड़ दिया जाय। वे उन लोगों से तंग थीं जो कलम के लिए हमेशा नरकुल माँग-माँग कर उनका जी हलाकान किए रहते थे। जब नरकुल जलाया गया तो उसमें से कुल तीन बिच्छू बाहर निकले जिन्हें मार दिया गया। रहे तो और भी होंगे पर वे भीतर ही जल मरे होंगे। एक खरगोश नरकुल की झाड़ियों से निकल कर बाहर भागा जिसे कुत्तों ने चीथ डाला। मारे गए बिच्छुओं को दिखाने के लिए मुझे भी बुलाया गया। उन्हें देखकर मुझे जरा भी अच्छा नहीं लगा।

गर्मी भर मैंने आराम किया। गर्मी भर मैं आराम के संत्रास से भरा रहा। गर्मी की छुट्टी के बाद जब स्कूल खुला तब नरकुलों की वजह से मेरा

जो जलवा था वह एकदम खतम हो चला। मुझे वह सब चीजें भी मिलनी बन्द हो गईं जो नरकुलों की वजह से मिलती थीं। मुझे लगा जैसे मैं एकदम अकेला छोड़ दिया गया हूँ। बिच्छू के एक डंक ने मेरे भीतर और बाहर की दुनिया को हमेशा के लिए बदल दिया था। बिच्छू ने जान देकर इस डंक की कीमत चुकाई थी। मुझे धीरे-धीरे चुकाना था।

मैं जब घर से बाहर निकलता तो नरकुल की तरफ मुझसे देखा भी न जाता। वहाँ अब समतल खाली जगह थी। उतनी ही खाली जगह मेरे भीतर भी हमेशा के लिए छूट गई थी। उस खाली जगह पर अमरूद के दो पेड़ लगा दिए गए। वे अचरज भरी गति से फूले और फले पर उन अमरूदों का स्वाद मेरे लिए हमेशा कसैला ही बना रहा।

पुरइन की खुशबू

कल बहुत देर तक उस स्कूल में भटकता रहा जहाँ हम दोनों पढ़ा करते थे। मैं वहाँ तुम्हारे पैरों के निशान ढूँढ़ता रहा। सब तरफ तुम्हारी निशानियाँ उड़ रही थीं। मैंने उन निशानियों से देर तक बात की और उन्हें बताया कि मैं अब भी तुम्हें कितना प्यार करता हूँ।

यह बताते ही सारी निशानियाँ हमारे साथ के लड़के-लड़कियों में बदल गईं। तब मैंने उस लड़की को देखा जिसके बारे में तुमने बताया था कि वह दिल ही दिल में मुझे चाहती है। मैंने कल उससे खूब-खूब बातें कीं और उन बातों में तुम्हारा जिक्र एक बार भी नहीं आया।

तभी तुम्हारी एक दूसरी निशानी जो गणित के अध्यापक में बदल गई थी वह मेरे पास आई। उसने मुझे घूरकर देखा और कहा कि अगर मैं तुमसे प्यार करता हूँ तो इस दूसरी लड़की से इस तरह घुट-घुट कर बातें क्यों कर रहा हूँ!

मैंने कहा कि मैं तुमसे ही बात कर रहा हूँ। बदले में उसने मुझे डस्टर फेंक कर मारा। डस्टर रास्ते में बोगेनबेलिया की एक झाड़ी में बदल गया। उसके काँटे मेरे माथे पर धँस गए और इस तरह मैं पूरी तरह से बोगेनबेलिया में बदल गया। फिर देर तक मैं तुम्हारी याद में डोलता रहा।

डोलते-डोलते मैं हवा की तरह हल्का हो गया। इतना हल्का कि उड़ने लगा। उड़ते-उड़ते मैं पुरइन के उस तालाब के किनारे पहुँच गया जहाँ मैं तुमसे मिला करता था। मैंने जाना कि तुम वहीं पुरइन के फूलों की खुशबू में छुपी हुई हो और मुझे देख रही हो।

मैंने जोर-जोर से एक कविता रची और रोया। मैं एक-एक फूल के पास गया और रोया। मैंने तुम्हारी याद के गीत गाए और रोया। ये तुम्हारी याद के आँसू थे सो मैंने पुरइन के पत्ते से एक दोना बनाया और आँसू इकट्ठे करने लगा। जब दोना भर जाता तो उसे एक बोतल में उलट लेता।

फिर मैंने तुम्हें गद्य में याद किया। उन सभी बातों में जो कितना भी करो अधूरी ही छूट जाती थीं। इससे भी जी कहाँ भरना था। तब मैंने तुम्हें दृश्यों में याद किया। मैंने एक ऐसी फिल्म बनाई जिसमें तुम ही तुम थीं। मैंने अब तक किसी भी देश या भाषा के सिनेमा में इतनी भावप्रवण नायिका नहीं देखी थी।

मैं तुम पर उससे भी ज्यादा मुग्ध हुआ जितना उस जमाने में हुआ करता था। जीवन में तुम्हारे न होने का अभाव मुझे चाकू की तरह काटने लगा। जो दर्द उभरा उसका चेहरा हूबहू तुम्हारी तरह था। मैं उस चेहरे को देखते हुए रोया और बेसुध हुआ।

उठा तो मेरे पास एक बोतल आँसू था। बोतल लेकर मैं शहर चला आया।

शहर में सिविल लाइन चौराहे पर एक तालाब था जिसके बीच में फव्वारा लगा हुआ था। शहर में बहुत गर्मी पड़ रही थी। तालाब में कई लड़के-लड़कियाँ नंगे होकर नहा रहे थे।

मेरी भी नहाने की इच्छा हुई पर मैं वह तालाब पीछे छोड़ आया था जिसमें पुरइन के फूल खिले हुए थे और जिसके किनारे मैं तुमसे मिला करता था। जिसमें एक बार कपड़े पहने-पहने हम साथ में नहाए थे और तुमने घर जाकर बताया था कि पुरइन के फूल को तोड़ने के चक्कर में तुम पानी में गिर गई थीं और कपड़े भीग गए थे।

मुझे उसी तालाब की याद आई। मैंने अपना झोला नीचे रखा और तालाब किनारे बैठे भिखारी से उसका कटोरा माँगा। कटोरे में एक लड्डू था। मैंने लड्डू खा लिया और कटोरे में पानी भर-भर कर नहाने लगा।

इस बीच किसी ने शिकायत कर दी कि तालाब में कुछ लोग नंगे होकर नहा रहे हैं। मुझे इस बात का पता तब चला जब पुलिस आ गई। पुलिस ने तालाब में नहा रहे लोगों से पूछा कि क्या वे नंगे होकर नहा रहे हैं तो उनमें से एक ने जवाब दिया कि उन्होंने पूरे तालाब को पहन रखा है और उनके कपड़े भी उस आलीशान कार में हैं जो तालाब के किनारे खड़ी है। कार देख कर पुलिस ने उन लोगों को नमस्ते किया और मेरे पास आ गए।

मैंने तुम्हारी यादों को पहन रखा था जो हवा के तारों से बुनी हुई थी। दोनों ही चीजें दिखाई नहीं पड़ रही थीं इसलिए पुलिस मेरे पास आ गई। मैंने सोचा कि उन्हें प्यास लगी है शायद और एक कटोरा पानी उनकी तरफ बढ़ा दिया। पुलिस वाले ने पानी गिरा दिया और कटोरा लेकर रख लिया।

मुझे लगा कि कटोरा गंदा लगा होगा इसलिए मैंने अँजुरी में पानी भरा और पुलिस वाले को पिलाना चाहा। उसका चेहरा तुमसे मिल रहा था पर जैसे ही उसने एक तीखी गाली बकी वैसे ही मैं समझ गया कि वह हमारी दुनिया से बाहर का व्यक्ति है।

तब मैंने नहाना बन्द कर कपड़े पहनने की इजाजत माँगी। उसने बस तौलिया लपेटने की इजाजत दी। तौलिया लपेटकर मैं जीप के पास पहुँचा तो एक दूसरे सिपाही ने मुझे डंडा मारा और तीसरे ने डंडे से कोंच कर तौलिया गिरा दिया।

फिर सबके सब एक साथ मुझसे बहुत सारे सवाल पूछने लगे। मैंने तुम्हारी याद की बात उसी तरह छुपा ली जिस तरह से तुम्हें कई सालों से छुपाए हुए हूँ।

मैंने कहा कि अचानक मुझे बहुत तेज की गर्मी लगी। न नहाता तो मर जाता। मेरी जुबान सूख गई थी। शरीर अकड़ रहा था और भीतर जैसे लू बह रही थी। मैंने यह भी कहा कि चाहें तो मेरे घर पर पता करवा सकते हैं कि यह समस्या मुझे बचपन से ही है।

जब मैं माँ के पेट में था तो माँ की सास यानी हमारी दादी ने उन्हें कई दिनों तक पानी नहीं पीने दिया इसलिए जब-तब मेरा ये हाल हो जाता है। पहले पिताजी लेकर घूमे। बाद में मैं अकेले भटका। वैद हकीम डाक्टर होम्योपैथ तंत्र-मंत्र बाबा-बाबी जादू टोना बंगाली बाबा लाल-पीली-नीली किताब सब आजमाया पर चैन न पाया।

मैंने खटाक से होम्योपैथी के एक बड़े डाक्टर और गंगा किनारे रहने वाले बाबा दोनों का नाम एक साथ लिया कि अभी भी मैं इनसे मिलने और अपनी तकलीफ के इलाज के लिए ही शहर में आया हूँ।

पुलिस वाले मुझे अजीब नजरों से देख ही रहे थे कि तुम्हारी याद का एक झोंका-सा आया। मैं बाँस की कोठी की तरह दसों दिशाओं में लहराया। एक पुलिसवाले ने इसे बीमारी का असर समझा दूसरे ने ओवर एक्टिंग और तीसरे ने नशे का असर।

उसकी निगाह अब तक बोतल पर चली गई थी। उसने पूछा कि बोतल में क्या है। बोतल की बात अब तक मैं भूल गया था इसलिए अचानक हुए इस सवाल पर मैं झूठ नहीं बोल पाया। मैंने कहा कि बोतल में मेरे आँसू भरे हैं।

मेरे यह कहने पर दरोगा ने मुझे पागल कहा पर सिपाही उससे सहमत न हो पाए। एक सिपाही मेरा मुँह सूँघने लगा। दूसरे ने बोतल झटक ली और ढक्कन खोलकर आँसू चखे। बोला सौ परसेंट टंच वोदका।

दरोगा ने पुलिसवाले को घूरा। वह या तो सच मुझे पागल समझ रहा था या मेरी अनोखी बीमारी से प्रभावित हो गया था। मैंने बहुत सारी दयनीयता और तमाम परेशानियों को अपने चेहरे पर ओढ़ लिया।

उसने मुझे इशारा किया कि कपड़े पहन लूँ और अपना झोला उठाकर निकल लूँ। तब मेरा ध्यान इस पर गया कि मैं नंगा था इतनी देर से। मैं जल्दी-जल्दी कपड़े पहनने लगा।

मैं झोला और बोतल लेकर चलने ही वाला था कि वह पुलिस वाला जिसने मेरे बोतल में भरे आँसू सूँघे और चखे थे, मेरा हाथ पकड़ लिया और

दरोगा की तरफ देखकर घिघियाने लगा। बोला, इतनी अच्छी वोदका कहाँ मिलेगी शहर में। बस दो पैग ही दिलवा दीजिए।

दरोगा ने मेरी तरफ देखा और इशारा किया कि बोतल में से थोड़े से आँसू उसे दे दूँ।

सिपाही ने एक बोतल निकाली जो पानी से आधी भरी हुई थी। उसने कहा कि यह बोतल भर दो। जब मैं सिपाही की बोतल भर रहा था तो उस भिखारी ने भी अपना कटोरा मेरे सामने पसार दिया जिसका कटोरा माँगकर मैं नहा रहा था।

यह एन वैसा ही कटोरा था जैसा मुझसे छीनकर एक पुलिसवाले ने जीप में डाल दिया था।

जब मैं उस कटोरे में अपने आँसू उड़ेल रहा था तभी और कई गिलास और कटोरे प्रकट हो गए। अब वह दरोगा मुस्करा रहा था। उसने ड्राइवर को जीप स्टार्ट करने का आदेश दिया और जीप में बैठ गया।

मैं सब तरफ लोगों से घिरा हुआ था। मेरी बोतल से आखिरी बूँद आँसू तक झपटा जा चुका था। मैंने एक भिखारी से माचिस माँगी और तीली जलाकर बोतल में डाल दी।

बोतल के भीतर एक नीली-सी लपट बनी जो पल भर में गायब हो गई और तब बोतल से वह खुशबू बाहर निकली जिसका मैं दीवाना हूँ। तुम्हारी खुशबू। कुछ-कुछ पुरइन के फूलों के नजदीक वाली।

मैंने बोतल और झोला वहीं छोड़ दिया। इस पल मैं हूबहू तुम्हारी खुशबू की तरह रंगहीन और हल्का था। मैंने इस बात का फायदा उठाया और तुम्हारी खुशबू में प्रवेश कर गया।

जेबकतरे का बयान

आप बहुत अच्छे आदमी हैं। अभी आपकी एक आवाज पर मेरा कचूमर निकल गया होता पर आपने बस मेरा हाथ पकड़े रखा। मैं शर्त लगाकर कह सकता हूँ कि आप या तो लेखक हैं या पत्रकार। नहीं भी हैं तो आपके भीतर एक कलाकार का दिल धड़कता है। नहीं तो बताइए कि मैं आपका पर्स मारनेवाला था और आप मुझे यहाँ मेरी पसन्दीदा जगह पर बैठाकर बीयर पिला रहे हैं। आपने एक थप्पड़ तक नहीं मारा मुझे। कैसे आदमी हैं आप? आजकल इतना भला आदमी होना भी ठीक नहीं।

वैसे आपने बहुत अच्छा किया जो वहाँ पर शोर नहीं मचाया। आप अन्दाजा भी नहीं लगा सकते कि भीड़ मेरा क्या हाल करती! मैं भीड़ की तलाश में ही दिल्ली आया था। भीड़ बचाती भी है और भीड़ मार भी देती है। पूरे दो बार भीड़ बस मेरी जान ही ले लेने वाली थी। पहली बार इलाहाबाद में लक्ष्मी टाकीज में पर्स उड़ाते हुए पकड़ा गया। इतनी मार पड़ी कि महीनों उठने का होश नहीं रहा। पर इसी के साथ मेरा डर भी खतम हो गया। हमेशा के लिए।

शुरू में बस एक-दो मिनट तक दर्द हुआ, हालाँकि यह दर्द इतना भीषण था कि आज भी उसे याद करके काँप जाता हूँ। पर बाद में मैं किसी भी तरह के दर्द के एहसास से मुक्त हो गया। जब मुझे लोग लात-घूँसों से

मार रहे थे, मेरी हड्डियाँ तोड़ रहे थे तो मैं उन्हें उन्हीं नजरों से देख रहा था जिन नजरों से वहाँ मौजूद तमाशाई इस सब को देख रहे थे। बाद में तो खैर मुझे इसका भी होश नहीं रहा। वह तो कहिए पुलिस आ गई नहीं तो आपको यह कहानी कोई और ही बैठकर सुना रहा होता।

भीड़ का जवाब भीड़ ही होती है। वहाँ इलाहाबाद में इतनी भीड़ नहीं थी। भीड़ की तलाश में मैं मुम्बई चला गया। मुम्बई लोकल, जिसके बारे में मुम्बई का एक अखबार पहले ही पन्ने पर एक कोना छापता है, 'कातिल लोकल' के नाम से। जिसमें छपता है सात मरे, सत्रह घायल। उसी लोकल में मेरा कारोबार चल निकला पर जल्दी ही मेरे मौसेरे भाइयों ने मुझे पकड़ लिया और बहुत मारा।

मार खाना मेरे लिए कोई नई बात नहीं थी पर यह बात मुझे बहुत बुरी लगी कि वे मारते हुए मराठी में गालियाँ दे रहे थे। मुझे किसी ऐसी भाषा में गाली खाना बहुत बुरा लग रहा था जो मैं नहीं समझता था। मुझे पता होना चाहिए था कि मुझे कौन-कौन सी गालियाँ दी जा रही हैं जिससे कि कभी मौका मिलने पर मैं उन्हें सूद समेत वापस कर सकता।

जब आप मेरे धन्धे में होते हैं तो आपको हमेशा मौके की तलाश में रहना पड़ता है। और तब पता चलता है कि मौकों की कोई कमी नहीं है। हर कोई आपको मौका देना चाहता है। लोग बहुत दयालु हैं। वे नहीं चाहते कि आप भूखे रहें या कि दिन भर में आपको बीयर की एक बोतल तक नसीब न हो।

जैसे अभी एक दिन सुबह से खाली हाथ भटक रहा था कि राजीव चौक में विज्ञापन के लिए लगाई गई एक स्क्रीन पर ब्ल्यू फिल्म चलने लगी। अब बताइए भला, ब्ल्यू फिल्म भी आजकल कोई ऐसी चीज है जिसे यूँ देखा जाय! पर लोग इस तरह से डूब कर देखने लगे कि जैसे जीवन में पहली बार देख रहे हों। कई तो वीडियो बना रहे थे। मैंने डेढ़ मिनट के अन्दर दो लोगों का पर्स उड़ा लिया।

इस धन्धे में धैर्य सबसे जरूरी चीज है। जरा सी भी जल्दबाजी जानलेवा हो सकती है। मुझे भी यह बात धीरे-धीरे ही समझ में आई। जब मैं इलाहाबाद

से मुम्बई के रास्ते दिल्ली आया तो दूसरी जो चीज मुझे साधनी पड़ी वह धैर्य ही थी।

पहली चीज थी दिल्ली की मैट्रो। शुरुआत में मैट्रो मुझे किसी दूसरी ही दुनिया की चीज लगती थी। मैट्रो स्टेशन पर ऊँची-ऊँची बिजली से चलने वाली सीढ़ियाँ मुझे डरा देतीं। बहुत पहले मैंने किसी अखबार में पढ़ रखा था कि दिल्ली एयरपोर्ट पर एक छोटी सी लड़की इन सीढ़ियों में फँसकर चटनी बन गई थी। मैं इन सीढ़ियों में अक्सर खुद को फँसा हुआ देखता और मेरे शरीर में एक सिहरन-सी दौड़ जाती। कँपकँपी होती।

ऊपर से मुम्बई और दिल्ली की भीड़ में भी बड़ा अन्तर था। मुम्बई में लोग जब भाग रहे होते तो लगता कि वह किसी का पीछा कर रहे हैं जबकि दिल्ली की भीड़ इस तरह भागती दिखाई देती जैसे उसका कोई पीछा कर रहा हो। शुरू में मैं इस अन्तर का मतलब समझने की कोशिश करता रहा जबकि यह कसरत ही पूरी तरह से गैरजरूरी थी। मेरे लिए दोनों ही स्थितियाँ शानदार थीं। दोनों ही स्थितियों में मेरे जैसों पर कोई नजर भी नहीं डालता था।

मैं आपकी बात नहीं कर रहा हूँ। पर सच यही है कि मेरे जैसों पर कभी कोई ध्यान नहीं देता। आपको पता है, मैंने पीएचडी कर रखी है! कई प्रतियोगी परीक्षाओं में सफल होते-होते रह गया। फिर करीब पन्द्रह लाख रुपये उधार लेकर दरोगा बनने के लिए रिश्वत दी। रिजल्ट आता उसके पहले ही मामला कोर्ट चला गया। बीच में दो सरकारें आईं और गईं। अभी पता चला है कि फिर से परीक्षा ली जाएगी।

मेरे पास इतना समय नहीं था। मैं उन लोगों से मुँह छुपाते हुए भाग रहा था जिनसे मैंने उधार लिया हुआ था। भागते-भागते पहले मुम्बई पहुँचा और फिर एक दिन दिल्ली आ गया। दिल्ली में मेरा एक दोस्त था जो एक राष्ट्रीय अखबार में मुख्य संवाददाता था और ऑफिस में बैठकर प्लास्टिक पीटा करता था। अभी थोड़ी देर में वह भी आ रहा होगा। बीयर पीने और मिलने-बैठने के लिए यह जगह हम दोनों की फेवरेट है।

वह न होता तो मैट्रो मुझे और डराती। जब स्वचालित सीढ़ियों पर पाँव रखने में मैं हकबका रहा होता वह हाथ पकड़कर ऊपर खींच लेता। धीरे-धीरे मुझे भी मजा आने लगा। बिना मेहनत किए ऊपर पहुँच जाना भला किसे नहीं अच्छा लगता।

फिर तो लाइफ इन ए मैट्रो शुरू हो गई। भीतर तरह-तरह के लोग थे। पूरी दुनिया को ठेंगे पर रखते हुए एक-दूसरे में डूबे लड़के-लड़कियाँ, मैं उनमें अक्सर अपनी इच्छाओं को जी रहा होता। बुरे से बुरे समय में भी मैंने उन पर हाथ साफ करने की कोशिश कभी नहीं की। बल्कि कई बार तो मैं उन्हें छुप-छुपकर इतने लाड़ से देख रहा होता कि अपने असली काम पर से मेरा ध्यान ही हट जाता।

धीरे-धीरे मैंने खुद पर काबू पा लिया, शो मस्ट गो आन। तब जो दुनिया मेरे सामने खुली वह मुझे कई बार अभी भी अचम्भित करती है। मैट्रो में ज्यादातर लोगों को एक-दूसरे से कोई मतलब नहीं था। हालाँकि वे एक-दूसरे को देखकर मुस्कराते, आँखों में पहचान का एक हल्का सा इशारा उभरता और गुम हो जाता। इसके बाद तो कानों में ठुँसा हुआ स्पीकर था। तरह तरह का गीत-संगीत था, डांस था, शार्ट फिल्में थीं, कामेडी वीडियो थे, बाबाओं के प्रवचन थे, यूट्यूब पर चलने वाले धारावाहिक थे और भी न जाने क्या-क्या था।

मैट्रो में घुसते ही लोग मैट्रो को भूल जाते और स्मार्टफोन में घुस जाते। मुझे बहुत दिनों तक इस बात पर भी अचरज होता रहा कि इसके बावजूद लोग उसी स्टेशन पर उतर पाते हैं जिन पर उन्हें उतरना होता है। जो लोग स्मार्ट फोन से बचे थे, वे अमूमन अंग्रेजी की सस्ती किस्म की किताबें पढ़ते दिखाई देते। यह एक साथ अपने अंग्रेजी जानने का प्रदर्शन और सुधारने की कोशिश थी। चेतन भगत ऐसे लोगों का शेक्सपीयर था पर यह तो कमउम्र या कि युवाओं की बात थी।

अधेड़ कई बार राजनीतिक चर्चाएँ कर रहे होते। एक राजनीतिक दल के सदस्य यात्रियों के रूप में मैट्रो में चढ़ते और जल्दी ही पूरे कोच को

राजनीतिक अखाड़े में बदल देना चाहते। डिब्बे का तापमान बढ़ जाता। मेरे लिए ऐसी स्थिति हमेशा काम की होती जब लोगों के सिर गर्म होते। वे भी शिकारी थे, मैं भी। वे अनजाने ही मेरे संभावित शिकारों का ध्यान राजनीतिक और धार्मिक स्थितियों पर ले जाते और लोग जूझने लगते।

जब मैं अपना शिकार चुन रहा होता तो पाता कि कई और दूसरे भी शिकार में लगे होते। कई अधेड़ इस तरह से मोबाइल में आँखें गड़ाए होते जैसे वह किसी बहुत गम्भीर चीज में मुब्तिला हैं और उनकी स्क्रीन पर सामनेवाली लड़की की छातियाँ या टाँगें दिख रही होतीं। कई हाथों में माला फेर रहे होते और उनकी लोलुप निगाहें उन किशोर-किशोरियों पर फिसल रही होतीं जो पूरी दुनिया को भूलकर एक-दूसरे में डूबे होते। इस सब के बीच कभी-कभी दिखने वाले वे लोग बहुत ही पवित्र लगते जो प्रेमचंद, शरत या दोस्तोएव्स्की पढ़ रहे होते। मैं मौका पाकर भी उन्हें छोड़ देता।

दिल्ली मैट्रो का पूरा भूगोल समझ लेने के बाद मैंने राजीव चौक, कश्मीरी गेट, मंडी हाउस या इन्द्रलोक जैसे एक्सचेंज स्टेशनों पर अपना ध्यान केन्द्रित किया। इसके बाद इफ्को चौक, नोएडा सिटी सेंटर जैसी जगहें थीं। वे सारी जगहें मेरे काम की थीं जहाँ भीड़ थी और लोगों का ध्यान अपने से ज्यादा गाड़ी पकड़ने पर था। इसके बाद इसमें कोई अचरज की बात नहीं थी कि उनमें से किसी का पर्स मेरी जेब में पहुँच जाता।

लोगों को तुरन्त पता ही न चलता। कई बार पता चल भी जाता तो लोग इस तरह से ठसाठस भरे होते कि उनकी समझ में ही न आता कि वह किस पर शक करें। सबसे बुरी बात यह होती कि वे शक भी करते तो उन पर जो गरीब और बिखरे हुए दिखते। मैं तो आप देख ही रहे हैं कि किस तरह से टिपटॉप रहता हूँ। लोग धोखा खा जाते हैं। असल बात यह है कि वे धोखा खाते रहना चाहते हैं। वे खुद को बदलना नहीं चाहते।

इसके बावजूद कभी लगे कि शक मुझ पर भी जा सकता है तो सामने वाला अपना शक जाहिर करे उसके पहले ही मैं भी खुद को शिकार घोषित कर देता हूँ। सामने वाले ने जैसे ही कहा कि अरे मेरा पर्स कि पाँच

सेकेंड बाद मैं भी चिल्ला पड़ता हूँ अरे मेरी घड़ी...। जबकि मैं घड़ी कभी पहनता ही नहीं। टाइम देखने का काम मोबाइल से चल जाता है। वैसे भी मेरे धन्धे में टाइम का कोई वान्दा नहीं। असली बात है धैर्य। बार-बार टाइम देखने वाला तो शर्तिया पकड़ा ही जाएगा। पर कई बार मेरे जैसे लोग भी पकड़ ही लिए जाते हैं। आखिर आज आपने पकड़ ही लिया। यह अलग बात है कि आप बहुत ही शरीफ व्यक्ति हैं और मुझे बैठाकर बीयर पिला रहे हैं।

जानते हैं, जैसे लोग तरह-तरह के होते हैं वैसे ही उनका पर्स भी। कामयाबी से हाथ साफ करने के बाद अगला काम पर्स को ठिकाने लगाना होता है। रुपये के अलावा उनमें तरह-तरह के काड्र्स, परिचय पत्र, तसवीरें, पते, फोन नम्बर, कंडोम या अनवांटेड-72 जैसी गोलियाँ, शाम को घर ले जानेवाले सामानों की लिस्ट और कई बार चिट्ठियाँ भी होती हैं।

तमाम लोग अपनी-अपनी आस्था के हिसाब से देवी-देवताओं की तसवीरें, तांत्रिक त्रिभुज या तरह-तरह के फूल, अभिमंत्रित धागे, कचनार या कि समी की पत्तियाँ रखते। यह अलग बात है कि इसके बावजूद उनका पर्स मेरे हाथ में होता और मैं इन सबको निकाल बाहर करता। पर एक ऐसी चीज है जिसे मैं कभी नहीं फेंक पाता। तसवीरें फेंकते हुए मेरे हाथ काँपने लगते हैं।

आपको भरोसा नहीं होगा पर मेरे कमरे में कई फाइलें उड़ाई गई पर्सों से प्राप्त तसवीरों से भरी पड़ी हैं। मुझे अपने कारनामों का हिसाब रखने का कोई शौक नहीं पर तसवीरें पता नहीं क्यों मैं नहीं फेंक पाता। नहीं मैं ईश्वर या देवी-देवताओं वाली तसवीरों की बात नहीं कर रहा हूँ।

मैं तो उन तसवीरों की बात कर रहा हूँ जो मेरे द्वारा शिकार किए गए व्यक्तियों के प्रिय व्यक्तियों की होती है। बच्चे, पत्नी, प्रेमिका, किसी दोस्त या फिर माँ या बाप की तसवीर। मैं उन तसवीरों पर वह तारीख और जगह लिखता हूँ जहाँ से वे मेरे पास आईं। खाली समय में मैं अक्सर उन तसवीरों को निहारते हुए पूरा-पूरा दिन बिता देता हूँ। काश कि वे तसवीरें मैं कभी

उन्हें वापस कर पाता जिन्होंने उन्हें सँजोकर रखा हुआ था। मैं भी उन्हें उतने ही प्यार से अपने पास रखना चाहता हूँ।

कई बार मैं उन तसवीरों में गुम होकर उदास हो जाता हूँ। कौन हैं वे लोग? उनका उस व्यक्ति से क्या रिश्ता रहा होगा जिनका मैंने शिकार किया? तब मेरे भीतर एक बहुत ही बेसब्र इच्छा जोर मारती है कि मैं कभी उन लोगों से मिल पाऊँ। उनसे अपने किए की माफी माँगूँ कि मैंने उन्हें उस व्यक्ति से दूर कर दिया जो उन्हें इस तरह से अपने कलेजे से लगाकर रखता था।

यह सब सोचते हुए कई बार मेरी आँखों में आँसू आ जाते हैं। कमाल की बात यह है कि शुरुआती दिनों के अलावा मैंने अपने शिकारों के बारे में कभी नहीं सोचा। यह साधने में थोड़ा वक्त जरूर लगा मुझे पर यह मैंने कर लिया। आप पढ़े-लिखे व्यक्ति लग रहे हैं। आपको देखकर ही पता चल जाता है कि आपके भीतर एक कलाकार छुपा हुआ है। आप बताएँगे कि वह तसवीरें आज तक मैं फेंक क्यों नहीं पाया?

अरे नहीं, उन लोगों का उधार मैंने अभी तक नहीं चुकाया है। आप सोचेंगे कि अब तो मेरे पास बहुत सारे पैसे होंगे, चुका क्यों नहीं देता पर यह सच नहीं है। मेरे पास कई बार अगले दिन की चाय का भी पैसा नहीं होता। जो कमाता हूँ सब खर्च हो जाता है। आजकल वैसे भी लोग पर्स में भला कितने पैसे रखते हैं? और कभी हो भी गए तो भला क्यों चुकाने जाऊँगा।

आप उन लोगों को नहीं जानते। वे मेरे ऊपर इतना ब्याज लाद देंगे कि उसे चुकाने के लिए मुझे डकैती ही डालनी पड़ेगी। यहाँ सब कुछ शान्ति से चल रहा है। मैं चाहता हूँ कि सब कुछ इसी तरह से चलता रहे। आज तो आप भी मिल गए और इतने इत्मीनान से बैठकर मेरे साथ बात भी कर रहे हैं। मैं बता नहीं सकता कि मैं अपने धन्धे से कितना खुश हूँ। यह न होता तो भला आप आज कैसे मिलते।

देखिए मैंने आपको अपनी पूरी आपबीती सुनाई। आप पुलिस नहीं है अच्छे आदमी हैं। कलाकार हैं। आप पुलिस होते तो मैं दूसरी कहानी सुनाता। एक बार तो मैंने पुलिस वालों को ऐसी कहानी सुनाई थी कि दो पुलिसवाले

थे और दोनों ही इमोशनल हो गए। कहानियाँ अभी भी असर करती हैं बस उन्हें नई और अनोखी और अविश्वसनीय होना चाहिए। लोग अविश्वसनीय कहानियों पर ही सबसे ज्यादा भरोसा करते हैं।

खैर छोड़िए, आज का पूरा समय तो आप को अपनी रामकहानी सुनाने में बीत गया। यह पहली बार है कि मैंने किसी पर्स को हाथ लगाया और वह अब भी वहीं मौजूद है जहाँ उसे नहीं होना चाहिए था। कम से कम एक बोतल बीयर तो और पिलाते जाइए। शरीफ कहे जाने वाले लोग तो हर मोड़ पर चार टकराएँगे। आज के पहले आपने कभी किसी जेबकतरे के साथ बैठकर बीयर पी है?

आप पैसे खर्च करें तो मैं थोड़ी और देर तक आपको यह मौका देने के लिए तैयार हूँ।

तितलियाँ

उसे याद नहीं है कि उसने पहला पर्स कब उड़ाया था और कब उसका यह हुनर उसकी हाथ की रेखाओं में शामिल हो गया था। सब कुछ इतना अनायास होता कि कई बार तो उसे भी पता न चलता कि कब उसकी आस्तीन से एक तेज ब्लेड नीचे उतरी कब वह उसकी हथेली में जाकर चिपक गई और कब नीचे सरकी।

यह सब इतनी तेजी से घटता कि सम्भव ही नहीं था कि उसके शिकार को खबर लगे कि सतर्क हो जा प्यारे तेरी जेब कटनेवाली है। पर्स हाथ में आने के बाद वह पर्स से मुक्त होने में जरा भी देर नहीं लगाता। रुपये उसकी अपनी जेब में पहुँच जाते और अभी थोड़ी देर पहले उड़ाया हुआ पर्स कहीं पड़ा धूल खा रहा होता। वह एक बार भी पकड़ा नहीं गया था।

एक बार उसने अपने इस फन को विस्तार देना चाहा। उसने अपने नाखून के नाप की ब्लेडें बनाईं जो नाखून में छुपी रहें और वहीं से अपना काम करें। ब्लेडें शानदार बनीं। उसकी उँगलियों को देखकर कोई नहीं जान सकता था कि ये पतली-पतली खूबसूरत उँगलियाँ तेज नश्तर में बदल चुकी हैं।

अपनी इस नई कलाकारी पर वह बहुत खुश हुआ पर कई दिनों के अभ्यास के बाद जब वह अपनी इन खतरनाक उँगलियों के साथ भीड़ में उतरा तो न जाने कैसे अपना वह आत्मविश्वास खो बैठा, जिसकी उसके भीतर पहले कभी कमी नहीं रही थी। ऊपर से कोढ़ में खाज वाली बात यह हुई कि उसे खुजली होने लगी। अपना ही शरीर खुजलाते हुए उसने कई जगह काट लिया। शरीर में जगह-जगह पर उभरती खून की बूँदों के बीच वह घर लौट आया।

उस दिन से उसने ब्लेड से पूरी तरह से तौबा कर ली। वह अपने को कलाकार मानता था। उसने अपने आप से शर्त बदी कि वह यही काम बिना किसी ब्लेड के कर दिखाएगा। अगले कई दिनों तक उसने अपने आप को दाँव पर लगा दिया।

इस बीच हवा के हल्के झोंकों की तरह उसके मन में यह बात कई बार आई कि वह फिर से ब्लेड पकड़ ले। ब्लेड आस्तीन से सरकते हुए हथेली में और हथेली से उँगलियों के बीच जिस तरह से आती थी वह कम कलात्मक नहीं था। रह-रहकर ब्लेड उसकी आँखों में चमक उठती। उसे लगता कई बार कि जब इतने अच्छे तरीके से ब्लेड के साथ काम चल रहा था तो उसे बेवजह अपने से ही शर्त बदने की क्या जरूरत थी। पर अब तो शर्त बदी जा चुकी थी। शर्त का उसके अलावा कोई गवाह नहीं था पर वह अपनी गवाही पर कायम था।

बीच में मुश्किलें आईं। कई बार उसकी हिम्मत टूटी। कई बार पकड़े जाते हुए बचा। इस सबके बावजूद वह अपनी जिद पर कायम रहा। उसके सारे पैसे समाप्त हो गए। भूखे-प्यासे रहने की नौबत आ गई पर वह अपने सूखे होंठों के साथ डटा रहा और आखिरकार वह कामयाब रहा। जिस दिन वह धावे पर निकला, उसने कुल आठ पर्स उड़ाए।

जब पहले पर्स के लिए उसने हाथ बढ़ाया तो उसके हाथ काँप रहे थे। आठवीं तक आते आते उसके हाथों में अपने आप प्रकट हो जाने वाला कम्पन गायब हो गया। वह बहुत खुश था। उसकी जिद जीत गई

थी। उसने अपने आप को शाबाशी दी कि अब वह पूरा कलाकार हो चुका था। अपने काम में सद्धिहस्त। उसने तय किया कि आज शाम वह अपने आपको पार्टी देगा।

इसके पहले उसके साथ एक छोटी-सी घटना घटी। आठवें पर्स के रुपये निकाल कर वह उसे ठिकाने लगाने ही जा रहा था कि पर्स में से एक आठ-दस साल की बच्ची की तसवीर नीचे जा गिरी। उसने न जाने क्या सोचते हुए तसवीर उठा ली। बच्ची बहुत प्यारी लग रही थी और अपनी बड़ी-बड़ी आँखों से उसकी तरफ देख रही थी।

पहली बार उसने अपने शिकार के बारे में सोचा। यह बच्ची उसकी क्या लगती होगी? और तभी अनायास ही उसके मन में यह खयाल उभरा कि वह इस उम्र में कैसा दिखता रहा होगा। वह कुछ देर तक बच्ची का चेहरा देखता रहा। फिर न जाने क्या सोचकर तसवीर को अपने पर्स में रख लिया।

घर जाते हुए उसने शराब की एक बोतल खरीदी। एक दोस्त को शाम का न्योता दिया। रास्ते में खाना पैक कराया और अपने कमरे पर पहुँच गया। वह कमरे में अकेला ही रहता था। उसका घर इस कमरे से बहुत दूर था जिसे वह बहुत पहले छोड़ आया था। वह अक्सर घर के बारे में सोचता पर उसे कुछ भी नहीं याद आता।

अब वह घर के सपने देखता है। ऐसा सपना जिसमें किसी स्मृति का साझापन नहीं है इसलिए यह सपना बिखर-बिखर जाता है। यह उसी बिखरे हुए सपने में रहता है जिसके लिए यह एक कमरे की जगह भी कई बार ज्यादा पड़ती है।

घर आकर जब उसने अपनी कमाई गिननी शुरू की तो एक बार फिर से उसकी निगाह उस बच्ची की तसवीर पर अटक गई। वह थोड़ी देर तक उसे देखता रहा फिर उसने वह तसवीर दीवार पर चिपके हुए एक पोस्टर पर चिपका दी। तसवीर की लड़की खुश होकर मुस्कराने लगी।

अचानक उसे लगा कि उसका कमरा उस बच्ची की मुस्कराहट के लिए छोटा है। उसे और बड़ा कमरा लेना चाहिए। इस बात पर

वह मुस्कराया और दोस्त के स्वागत के लिए तैयार होने लगा। उसने कपड़े बदले, मुँह धोया, चखना वगैरह बढ़िया तरीके से तैयार किया। उसे पता है कि उसका दोस्त शराब के मामले में बहुत ही लालची और बेसलीका है।

उस दिन दोस्त के जाने के बाद वह कब सोया उसे पता ही नहीं चला। सुबह उठा तो सिर भारी-भारी सा लग रहा था। उसे याद आया कि रात में उसने तसवीर वाली बच्ची से बात की थी। वह उसे देखकर मुस्करा रही थी। तब उसने बच्ची का नाम पूछा था। बच्ची ने बताया कि उसका नाम तितली है। उसके पापा उसे यही कहते हैं और यह कहकर वह तितली में बदल गई थी और देर तक कमरे में उड़ती रही थी।

यह सब याद आते ही वह मुस्कराया। ये चीजें सच में कैसे सम्भव हो सकती हैं। जरूर उसने सपना देखा होगा। यह सोचते हुए उसने दीवार पर चिपकी बच्ची की तसवीर की तरफ देखा और हाथ हिलाते हुए मुस्कराया। उसे लगा कि जवाब में बच्ची भी मुस्कराई है।

वह तैयार हुआ और काम पर निकल गया। जब लौटा तो उसके पास करीब दस जेबों से उड़ाए हुए पैसे थे। और साथ में एक खूबसूरत जवान लड़की की तसवीर थी। इसे भी उसने पहली वाली तसवीर के बगल में चिपका दिया। जवान लड़की उसे बहुत खूबसूरत लगी। जेबकतरे ने आह भरी और सोचा कि काश उसके पास एक प्रेमिका होती। इसी तसवीर वाली लड़की की तरह खूबसूरत और दिलफरेब।

वह मुस्कराया और उसने तय किया कि वह कोशिश करेगा कि उसके पास भी ऐसी ही एक प्रेमिका हो। इसके बाद वह अपने काम में लग गया। वह शराब पीते हुए अपने लिए भोजन बनाने लगा। अंडा करी और चावल। अंडा करी स्वादिष्ट बनी थी। एक गुनगुने नशे के बीच उसने खाना खाया और थोड़ी देर बाद सो गया।

अगले दिन सुबह उसने अपने को तरोताजा पाया पर तुरन्त ही उसे यह भी याद आया कि आज रात उसने तसवीर वाली जवान लड़की से बात की थी। उसे याद आया कि छोटी लड़की और जवान लड़की आपस में बतिया रही थीं। तब उसने जवान लड़की से उसका नाम पूछा था।

जवान लड़की ने उसे इठलाते हुए बताया था कि उसका नाम तितली है। उसका प्रेमी उसे यही कहता है। यह सुनते ही छोटी लड़की हँसने लगी थी। इसके बाद दोनों लड़कियाँ एक साथ तितलियों में बदल गई थीं और देर तक कमरे में उड़ती रही थीं।

वह मुस्कराया कि एक ही सपना बस थोड़े से अन्तर के साथ। बस यह कि पहला सपना भी दूसरे सपने में शामिल हो गया था। वह मुस्कराया और अचानक उसने पाया कि अब वह कमरे में अकेला नहीं है। यहाँ उसके साथ दो लड़कियाँ भी हैं। एक छोटी-सी प्यारी बच्ची और दूसरी खूबसूरत जवान लड़की।

वे दोनों इस हद तक उसके साथ हैं कि उसके सपनों में भी शामिल हैं। इस एहसास ने उसके व्यवहार को पूरी तरह से बदल दिया। इस सुबह जब वह नहाकर बाथरूम से निकला तो तौलिया लपेटे हुआ था। इसके पहले वह अमूमन नंगा ही कमरे में आ जाया करता और पंखे के नीचे खड़े होकर बदन का पानी सुखाया करता।

इसी तरह वह लगातार अपने काम पर निकलता रहा और कुछ रुपयों के साथ रोज एक तसवीर लेकर आता रहा। इस बीच वह इस बात पर चकित भी होता रहा कि रोज उसे एक ही तसवीर कैसे मिल पाती है। यह भी तो हो सकता है कि किसी दिन उसे एक भी तसवीर न मिले। या फिर किसी दिन उड़ाए गए पर्सों में से एक से ज्यादा तसवीरें निकल आएँ।

जो भी हो पर इस बीच उसे इस बात पर अपनी कला जितना ही भरोसा हो चुका था कि उसे रोज एक तसवीर मिलती रहेगी। न इससे ज्यादा न इससे कम। अपने इसी भरोसे की बिना पर उसने एक बार फिर अपने से शर्त बदी कि जिस दिन इसका उलट होगा उस दिन से वह यह काम हमेशा के लिए छोड़ देगा।

उसे नहीं पता था कि आगे वह क्या करेगा पर वह अपने को इसके लिए भी लगातार तैयार कर रहा था कि मान लो किसी दिन वह शर्त हार ही गया तो? तो इसके लिए उसने पैसे बचाने शुरू कर दिए थे। उसके खाते में इस बीच लगातार पैसे जमा हो रहे थे। वह इस बात के प्रति सतर्क था कि किसी दिन उसे अचानक यह काम बन्द कर देना पड़े तो उसके पास नया काम शुरू करने या ढूँढ़ने का पर्याप्त समय हो। इस बीच में उसे पैसे की तंगी या अन्य किसी वजह से अपनी शर्त तोड़ने के लिए बाध्य न होना पड़े।

इस सब के बावजूद कुछ बातें उसकी समझ से परे थीं। उसे समझ में नहीं आ रहा था कि हर नई तसवीर उसके सपने में कैसे शामिल होती जा रही थी। हर नए सपने में पुरानी तसवीरें उसे एक साथ इकट्ठा और आपस में बातें करती दिखाई देतीं। तसवीरें अपना परिवार बना रही थीं। वे आपस में प्रेम और झगड़े कर रही थीं। अपने सुख-दुख साझा कर रही थीं।

वे हमेशा साथ रहतीं। इतना ही नहीं, वे हर नई तसवीर को पूरी मुहब्बत के साथ अपनातीं। यह अविश्वसनीय था। ऐसे ही यह भी पूरी तरह से अविश्वसनीय था कि उसके सपने में आने वाली हर तसवीर अपना नाम तितली बता रही थी। उन सबके पास ऐसे लोग थे जिन्होंने उन्हें यह नाम दे रखा था और उन तसवीरों ने एक मुहब्बत भरी जिद के साथ यह नाम अपना लिया था।

ऐसे ही एक दिन जेबकतरे ने पाया कि उसके घर में तितलियाँ ही तितलियाँ हैं। ये तितलियाँ उसकी अनुपस्थिति में उसके कमरे में चक्कर लगाती रहती हैं। फिर उसे लगता है कि कुछ लोग और हैं जो उसके घर में छुपकर रहते हैं। उन्हें पकड़ने के लिए वह कई बार अचानक कमरे पर आ धमकता है पर न जाने कैसे उन्हें पता चल जाता है और वे तसवीरों में लौट जाते हैं।

जेबकतरे को उनके हँसने की आवाजें सुनाई पड़ती हैं। जब तसवीरों वाले लोग हँसते हैं तो उनकी हँसी से रंग झड़ते हैं। ये रंग उसकी चमड़ी पर जगह-जगह चिपक जाते हैं और छुटाए नहीं छूटते। उसके कमरे में, उसके बिस्तर पर, उसके कपड़ों पर तितलियों के पंखों से झरे हुए रंग हैं।

वह बाहर निकलता है तो उसे लगता है कि कुछ लोग हैं जो उसका हमेशा पीछा करते हैं। वह चलता है तो वे चलते हैं, रुकता है तो रुक जाते हैं। अक्सर उसे अपने पीछे तितलियों के उड़ने की आवाज सुनाई देती है। वह परेशान हो जाता है और कमरे पर लौट आता है।

ऐसे ही एक दिन अचानक लौटने पर उसने एक तितली को तसवीर में समाने के पहले ही पकड़ लिया। उसके पकड़ते ही तितली एक जवान लड़की में बदल गई। उसने लड़की से पूछा कि कौन हो तुम और मेरे कमरे में क्या कर रही हो? लड़की ने उसके गालों पर अपने पंख फेरते हुए जवाब दिया कि मैं एक तितली हूँ और तुम्हें भी तितली में बदलने आई हूँ।

इस शहर में तितलियाँ वैसे भी कितनी कम हैं। यह कहते हुए वह लड़की उसकी पकड़ से आजाद हो गई और तसवीर में समा गई। जेबकतरा कुछ नहीं समझ पाया। उसने पाया कि उसकी अँगुलियों में रंग लगा हुआ है। ऐसे ही उसकी निगाह सामने आईने में दिख रहे अपने चेहरे पर गई। उसने देखा कि उसके गालों पर नीले रंग की एक पट्टी बन गई है जिसके बीच में पीले और हरे रंग की छींटे हैं।

उसने इस पट्टी को हाथों से साफ करना चाहा। तौलिए से रगड़ा, साबुन से धोया पर वह रंगीन पट्टी जस की तस बनी रही। वह डर गया। उसकी ताकत ही यह थी कि वह आम मनुष्यों की तरह दिखता था और अपना काम करके उन्हीं के बीच में गायब हो जाता था। ऐसे तो उसका गायब होना असम्भव होता जाएगा। वह तो दूर से ही पहचान लिया जाएगा।

उसने सोचा कि वह इन तसवीरों के बारे में कुछ ज्यादा ही सोचता रहा है। ठीक इसी क्षण उसे पता चला कि इन तसवीरों में जान उसी ने पैदा की है। उसी ने इन्हें रंग-बिरंगी तितलियों में बदल दिया है। इस बात ने उसे

एक नए तरह से आत्मविश्वास से भर दिया। उसने सोचा कि अगर वह इन तितलियों को पैदा कर सकता है तो मार भी सकता है।

उसने तय किया कि वह इन सभी तितलियों को मार देगा। उसने दीवार में चिपकी हुई सभी तसवीरों को निकाल डाला। उन पर थोड़ी-सी शराब डाली और उनमें आग लगा दी। सभी तसवीरें जलने लगीं। कमरे में धुआँ भर गया। उसे लगा कि तसवीरें जलते हुए चीख रही हैं। उसने खिड़की खोल दी कि धुएँ के साथ तसवीरों की चीखें भी कमरे के बाहर निकल जाएँ।

तसवीरें जला देने के बाद जेबकतरे ने अपने को हल्का और मुक्त महसूस किया। उसके भीतर इस बात की गहरी इच्छा हुई कि वह किसी पार्क में किसी बड़े से पेड़ के नीचे देर तक बैठे। वह बाहर निकल आया। उसके घर के आसपास कोई पार्क नहीं था। वह देर तक पैदल चलता रहा तब जाकर बैठने लायक पार्क में पहुँचा।

उसने अपनी चप्पल उतार दी और देर तक नंगे पैर घूमता रहा। नीचे नरम घास थी। उसे अच्छा लग रहा था। फिर उसकी बैठने की इच्छा हुई। वह बैठ गया और थोड़ी देर बाद वह वहीं घास पर लेट गया। जल्दी ही उसकी आँखों में आलस उतर आया। वह देर तक अलसाया हुआ पड़ा रहा।

तभी उसने पाया कि वह लोगों से घिरा हुआ है। लोग मोबाइल से उसकी तसवीरें उतार रहे हैं। तब तक उसकी समझ में कुछ भी नहीं आया जब तक कि उसकी निगाह अपने आप पर नहीं गई। उसके पूरे शरीर पर तितलियाँ ही तितलियाँ थीं। उसके ऊपर भी तितलियाँ उड़ रही थीं।

वह झटके से उठा तो इतनी तितलियाँ उड़ीं कि आसमान में सब तरफ रंग ही रंग बिखर गए। वह तेजी से खुद को घेरे हुई भीड़ के बीच से रास्ता निकालते हुए बाहर भागा। अचानक उसके दिमाग में खयाल आया कि ये तसवीरें खींचने वाले वही लोग हैं जिनकी जेबें उसने काटी हैं। वह तेजी से भागा। उसे लगा कि लोग उसका पीछा कर रहे हैं।

वह देर तक भागता रहा। बहुत देर बाद उसने पलटकर पीछे देखा तो पीछे एक भी आदमी नहीं था। पीछे एक भी तितली नहीं थी। वह

हाँफ रहा था। वह दौड़ते हुए थक गया था। वह वहीं बैठ गया और सुस्ताने लगा। तब उसकी निगाह अपने पहनावे पर गई। उस पर रंग ही रंग बिखरे हुए थे।

उसने विकल होकर सोचा कि क्या एक दिन सचमुच वह तितली में बदल जाएगा, जैसा कि उस जवान लड़की ने कहा था। क्या एक दिन वह उड़ने भी लगेगा, एक अनजाने भाव के साथ उसने सोचा। उसे उस प्यारी सी बच्ची की शक्ल याद आई जिससे यह सिलसिला शुरू हुआ था।

मैंने सारी तसवीरें जलाकर यह सिलसिला हमेशा के लिए समाप्त कर दिया है, उसने अपने आप से कहा। इसके आगे जो भी है वह सब भ्रम है, धोखा है।

उसने तय किया कि वह आज फिर से अपने दोस्त को बुलाएगा और साथ बैठकर शराब पिएगा। वह दोस्त से कहेगा कि सम्भव हो तो वह उसके साथ में ही रुक जाय।

दोस्त के अपने लफड़े थे। वह आया तो पर शराब पीकर चलता बना। जेबकतरे को रात भर नींद नहीं आई। उसे रात भर न जाने कैसी-कैसी आवाजें सुनाई देती रहीं। फुसफुसाहट की आवाजें, हँसने की आवाजें, कामुक चीखें, बच्चों की किलकारियाँ, बूढ़ों की कराह, नई आवाजें, बहुत पुरानी और फँस-फँस कर आती आवाजें।

वह रात भर अपने कानों में उँगलियाँ ठूँसे लेटा रहा। रात भर उसे प्यास लगती रही पर उसने पानी की कल-कल की आवाजों से काम चलाया। उसके पैरों में इतना जोर नहीं बचा था कि वह उठकर पानी पी सके।

सुबह होते-होते सब कुछ शान्त हो गया। उसका सिर बोझिल था। रात का नशा उतरने की बजाय पूरे शरीर में बीमार होकर पसरा हुआ था। उसने उठकर गटागट पानी पिया और फिर लेट गया। नींद की एक हल्की-सी लहर आई और आकर चली गई।

वह दोबारा उठा तो उठकर बाथरूम गया और तब तक नहाता रहा जब तक कि पानी ही नहीं खत्म हो गया। पहले की तरह वह नंगा ही कमरे में आया और देर तक पानी सुखाता रहा। कपड़े पहनते हुए उसने पुरानी शर्त को संशोधित किया और अपने से एक नई शर्त बदी।

उसने अपने आप से कहा कि इस शहर की आखिरी निशानी के बतौर आज वह आखिरी पर्स उड़ाएगा और वह उस आखिरी पर्स को फेंकेगा नहीं बल्कि उस पर्स के साथ यह शहर हमेशा हमेशा के लिए छोड़ देगा।

रोज की तरह जब वह काम पर निकला तो उसके पैरों में वह पुराना आत्मविश्वास लौट आया था। वह हल्का-सा भावुक जरूर हो रहा था कि वह अपना काम हमेशा के लिए छोड़ देने वाला है। न जाने कितनी स्मृतियाँ इस पल उसके साथ थीं। उसकी आँखों में जैसे उसका पूरा जीवन तैर रहा था।

ऐसे कितने प्रसंग जिसमें खतरा बस उसे छूकर निकल गया था। वे प्रसंग उसमें भरोसा और ताकत भरते रहे थे। पर उस सबके उलट आज उसने सोचा कि ऐसे किसी भी मौके पर उसका खेल खत्म हो सकता था। यह सोचते ही वह लड़खड़ाया। उसे लगा कि जैसे नींद का एक झोंका आया और पल भर में गुजर गया।

नींद का यह झोंका दोबारा तब वापस लौटा जब वह अपने शिकार की जेब में हाथ डाल रहा था। वह अपने शिकार की जेब में हाथ डाले हुए सो गया। जब उसका हाथ पकड़ा गया तब वह सो रहा था। उसके शिकार ने उसे एक झटका दिया। झटके से जब उसकी नींद पल भर के लिए कुनमुनाई तो उसे कुछ खाने की इच्छा हुई।

उसे याद आया कि कल शराब पीने के बाद उसने खाना नहीं खाया था। भूख ने उसे जाग्रत बनाया और वह हाथ छुड़ाकर भागा। जब वह भाग रहा था तो वही हत्यारी नींद फिर से उस पर सवार हो गई। उसी नींद के बीच उसने देखा कि उसका पीछा करने वाला अकेला नहीं है। अब एक पूरा समूह उसका पीछा कर रहा है।

तब नींद के बीच ही पल भर के लिए वह डर प्रकट हुआ जिससे हड्डियों तक में कँपकँपी दौड़ जाती है। यह डर उसके लिए एकदम नया है पर वह नींद में है इसलिए उसे लगा कि उसके साथ जो कुछ भी हो रहा है सपने में हो रहा है। सपने में ही वह निश्चिन्त हो गया। उसे निश्चिन्त पाकर पीछा करते हुए लोग भी निश्चिन्त हो गए। अब वे धीरे-धीरे पीछा कर रहे हैं।

जब उसे पकड़ा गया तब भी वह सो रहा था। उसे सोता पाकर उसे पकड़ने वाले लोग भी सो गए और नींद में ही उसे मारने लगे। मार खाते हुए वह नींद में है इसलिए उसे खुद को मारते हुए लोग नहीं दिखाई देते जो कि खुद भी सो रहे हैं। उसे अपने ऊपर बहुत सारी तितलियाँ दिखाई देती हैं। असंख्य तितलियाँ।

जेबकतरे ने पाया कि वह उन सब को जानता है। वह उनके रंगों से, उनकी गति से और उनकी उड़ने की आवाज से उन्हें पहचान सकता है। तितलियाँ भी उसे पहचानती हैं। इसलिए वे एक-एक कर उसके ऊपर बैठने लगती हैं। तितलियाँ हवा से भी हलकी हैं इसलिए उसे उनका भार नहीं महसूस हो रहा है।

उसे मारने वाले लोग जब जी भर के उसे मार चुके तब कहीं जाकर उनकी नींद टूटी। वे जेबकतरे से दूर हटने लगे। तब उन्हें दिखाई पड़ा कि जेबकतरे के शरीर पर बहुत छोटे-छोटे रंग-बिरंगे पंख उग आए हैं। वे उसे अचरज से देर तक देखते रहे।

तभी पंखों में हरकत शुरू हुई। उन्होंने बढ़ना और फड़फड़ाना शुरू कर दिया। उन पंखों के फड़फड़ाने की आवाज लोगों ने पहले कभी नहीं सुनी थी। जब अचरज से उनके कान चौड़े हो रहे थे उसी समय जेबकतरे ने करवट बदली और धीरे-धीरे उठकर बैठ गया। उसने अपने रंगीन पंखों को बहुत हसरत के साथ सहलाया और उड़ने के लिए तैयार हो गया।

जब उसने उड़ना शुरू किया तो वहाँ जमा लोग इस हद तक चकित हुए कि उनकी पलकें तक झपकना भूल गईं। वे इतना भी नहीं कर पाए कि

जेब से मोबाइल निकालें और इस अचरज भरी घटना की तसवीर उतारें। वे तो उसे तब तक देखते रहे जब तक कि वह उड़ते-उड़ते आसमान में गायब नहीं हो गया।

उसके गायब होने के बाद ही वह पल आया जब कि वे एक-दूसरे को देख पाए। उन्होंने पाया कि उनमें से कोई भी एक-दूसरे को नहीं पहचानता। तब उन्हें लगा कि वे सब एक साथ कोई सपना देख रहे हैं। सपने की बात सामने आते ही वे निश्चिन्त हो गए और सपना टूटने का इन्तजार करने लगे।

पैर

मैं लाखों की भीड़ में तुम्हें तुम्हारे पैरों से पहचान सकता हूँ। गहरी से गहरी नींद या बेहोशी में भी तुम्हारे पैरों की एक छुवन मुझमें वह ताजा-ताजा होश पैदा कर सकती है जैसे कि मैं तुम्हारी ही बाँहों में सो रहा था और अभी उठा हूँ तो तुम्हारा ही चेहरा सामने है। मैं कैसे बताऊँ तुम्हें कि तुम्हारे पैरों में क्या जादू है। कि उन्हें एक बार देखने भर से मेरे भीतर कैसी-कैसी तरंगें उठने लगती हैं। छूने और चूमने की लालसा में मर ही जाता हूँ मैं।

तुम्हें पता नहीं याद है या नहीं कि पहली बार मैंने तुम्हें तुम्हारे पैरों से ही पहचाना था। कि तुम वही हो जो मुझे तबाह करने आई हो।

इसके पहले हम रोज मिलते थे। हँसते-बतियाते थे, गप्पें लड़ाते थे, साथ में कश खींचते थे। इस दरम्यान पता नहीं कितनी बार हमारे हाथ अनायास एक- दूसरे से टकराए होंगे। पता नहीं कितनी बार जान-बूझकर हमने एक-दूसरे के हाथों को छुआ होगा। पर कभी कुछ नहीं लगा। भीतर कोई तड़प या सनसनी महसूस नहीं हुई।

वह दिन आज भी मेरे भीतर खलबली मचाए रखता है जो मेरी तबाही की शुरुआत का दिन था। जो मेरे भीतर एक ऐसा कोना खोलने जा रहा था

जहाँ फकत आँसू, उदासी, चीख और कभी न खत्म होने वाली वासना भरी हुई थी और इस वासना का पागलपन इस रूप में दिखाई पड़ना था कि मुझे हमेशा तुम्हारे पैर चाहिए थे।

ऐसे दिन पहले से बताकर नहीं आते। उस दिन भी सुबह से कुछ भी अनघट नहीं घटा था। सुबह से वैसे ही सब कुछ चलता चला आया था जैसे रोज चलता था। यह कोई दोपहर और शाम के बीच चार बजे जैसा वक्त रहा होगा जब मेरे हाथों की घड़ी रुक गई थी और मेरे भीतर एक नई घड़ी की टिक-टिक शुरू हुई थी। उसी क्षण मैंने अपना होश खो दिया था या कि मेरे भीतर एक नई बेहोशी ने होश सँभाला था।

ऐसा नहीं हो सकता कि किसी ने मुझे इससे बचाने की कोशिश न की हो। कोई इशारा न किया हो किसी ने, हवा के किसी झोंके ने मेरे बालों को न बिखेरा हो। कोई चिड़िया सिर को छूती हुई न निकल गई हो। या आफिस की तरफ जाते पैरों को किसी चींटी ने न काटा हो...कि कोई नुकीला कंकड़ पैर और तलवों के बीच न आया हो पर मैंने ही ध्यान न दिया हो...।

जो भी हो। मैं आफिस गया और यह दिन के उतार का कोई समय रहा होगा जब मैंने पाया कि मेरे पैरों पर जैसे आग रख दी गई हो। 'यही आग मैं ढूँढ़ रहा था।' इसी एक क्षण में मैं पूरी तरह से बदल गया।

मेरे भीतर एक पल को आया कि मैं अपना जलता हुआ पैर वापस खींच लूँ। उसी एक पल में मैं अपने पैर वापस खींच लेता तो शायद बच निकलता पर यह पल मेरे जीवन में पहली बार आया था। अच्छे या बुरे से परे और मैं उस पल में हमेशा के लिए खो गया। उसी पल वह पल निकल गया जब मैं अपने को बचा सकता था।

यहीं से वे पल पैदा हुए जहाँ तुम्हारे होंठों से पहले मुझे तुम्हारे पैर चूमने की तलब हुई। नहीं, इसमें तुम्हीं मेरी देवी वाला पूजा भाव नहीं था।

आग वाले दिन के अगले दिन मैंने तुम्हें तुम्हारे सामने बैठकर एसएमएस किया कि मुझे तुम्हारे पैर खाने हैं। अभी। तुमने एसएमएस पढ़ा और सिर

ऊपर उठाया। तुम्हारी आँखों में एक बदमाश चमक थी। उन्हीं चमकती हुई बदमाश आँखों से तुमने पूछा कि अगर कोई तुम्हारे पास एसएमएस करे और कहे कि उसे तुम्हारे पैर खाने हैं तो तुम क्या जवाब दोगे?

मैं क्या कहता? मैंने कहा कि ये है भला कौन जो सब कुछ छोड़कर सिर्फ पैर खाना चाहता है?

कोई भी हो, तुमसे क्या मतलब। तुम तो बस मेरे सवाल का जवाब दो। तुमने कहा।

मैंने कहा कि इसका जवाब मैं कैसे दे सकता हूँ। यह तो इस पर निर्भर करता है कि जिससे यह पूछा गया है वह पूछने वाले के बारे में क्या सोचता है। जवाब इसी बात से तय होगा।

बदले में तुम मुस्कराईं और अपने नंगे पैरों को मेरे पैरों पर रख दिया और देर तक अपने तलवों से मेरे पैरों को सहलाती हुई कुछ काम करने का अभिनय करती रहीं।

मेरे भीतर जैसे एक अजब सा अन्धड़ उमड़-घुमड़ रहा था। मैं उसे एक दिशा देना चाहता था। कमरे में हमारे साथ दो लोग और बैठे थे और अपना काम कर रहे थे। मुझे अपनी कलम गिरानी थी। कलम गिराकर पहले मैंने इधर-उधर देखा कि तुम्हारे पैर मेरे पैरों पर खिले रहें। मैंने बैठे-बैठे ही धीरे से कुर्सी पीछे सरकाई। इसके बाद कलम खोजता हुआ नीचे झुका और धीरे से तुम्हारे पैरों को अपनी हथेली पर ले लिया। अभी तक जो आग के फूल मेरे पैरों पर खिले हुए थे वे मेरी हथेली पर खिल गए। दूसरे हाथ से तुम्हारे पैरों को सहलाते हुए मैं और झुका। मैंने तुम्हारे पैरों के ऊपरी हिस्से पर अपने होंठ रख दिए।

तुमने अपने पैरों को पीछे खींचना चाहा तो मैंने तुम्हारे अँगूठे को मुँह में भर लिया। तुमने दूसरे पैर से मेरे गाल सहलाए और अँगूठे को छुड़ाना चाहा। मैंने दाँतों से हल्का सा दबाव बनाया और तब तुमने एक हल्की सी सिसकारी के साथ अपने पैरों को ढीला छोड़ दिया। मैं बेसुध तल्लीनता के साथ बहुत देर तक अपनी कलम खोजता रहा।

उस दिन के बाद से कभी मेरी पेन गुम हो जाती तो कभी कोई फाइल... कभी रूमाल तो कभी पर्स...और मुझे यह सब देर तक ढूँढ़ते रहना पड़ता। ये रोज होता। दिन में कई-कई बार।

कमाल यह था कि उस एक एसएमएस के बाद से उस बारे में न कोई बात तुमने की न मैंने। तुम्हारे पैरों को जी भर खाने के कई दिन बाद मैंने ही तुमसे पूछा कि उस बेचारे पैर के आशिक का क्या किया तुमने?

तुमने कहा कि पैर ही तो चाहिए था बेचारे को। कैसे मना करती... दे दिया।

दे दिया? मैंने आश्चर्य जाहिर करते हुए पूछा।

हाँ। तुमने मुस्कराकर फिर से कहा। पैर ही तो चाहिए था बेचारे को, दे दिया।

इस बात में दूसरे इशारे भी छुपे हुए थे पर पता नहीं कौन सी हिचक थी कि मैं इसके बाद कुछ नहीं बोला। तुमने भी कोई बात नहीं की। सब कुछ पहले की ही तरह चलता रहा। हम आपस में दुनिया भर के मसले पर बतियाते रहे पर इस मसले पर इसके बाद हमने कभी भी बात नहीं की।

एक दिन ऐसे ही तुमने अपने हाथ बढ़ाए जिन्हें मैंने अपने हाथों में कुछ इस तरह ले लिया जैसे कि बस इसी बात का इन्तजार कर रहा था। मेरे भीतर कुछ भी नहीं दहका। मैं दिन भर लोहा-लंगड़, कलम-कागज जो भी छूता रहता था उसमें और तुम्हारे हाथों में कोई खास अन्तर नहीं जान पड़ा मुझे। तब मैंने अपने पैरों को तुम्हारे पैरों की तरफ सरकाया। मेरे पैरों ने तुम्हारे पैरों को छुआ भर होगा कि मेरे हाथों में सनसनी दौड़ गई। मैंने पाया कि दुनिया के सबसे सुन्दर हाथ मेरे हाथों में है। तुम्हारे हाथों की गुनगुनी आग में मैं पिघलने लगा। तुम्हारा चेहरा लाल हो रहा था। तुम्हारे बेताब होंठ खुले थे और वे मेरे होंठों को खा जाना चाहते थे।

उस दिन कमरे में कोई नहीं था। शाम का समय था और कोई भी कमरे के बाहर नहीं जाना चाहता था। न तुम न मैं। चाबी हमारे पास ही थी। मेरे पास पूरा मौका था कि मैं तुम्हें अपने होंठ खाने देता और बदले में सिर्फ पैर

ही नहीं बल्कि पूरा का पूरा तुम्हें खुद में समो लेता। मैंने तुम्हारी ढीठ आँखों को अपनी आँखों से देर तक चूमा। उनमें अजीब सी बेसुध चमक उतर आई थी। शायद तुम भी वही सोच रही थी जो मैं सोच रहा था।

तभी तुम उठीं, तुमने कमरे की सिटकिनी चढ़ा दी और वापस आकर मेरे ऊपर छा गईं। तुम मेरी कुर्सी के पीछे से आईं और तुमने मेरे होंठों पर अपने होंठ रख दिए। मेरे भीतर कोई सनसनी नहीं हुई। मुझे खुद को याद दिलाना पड़ा कि मैं एक जवान आदमी हूँ और जिस जवान लड़की के लिए पल-पल मरता हूँ मेरे होंठ उसी की कैद में हैं। तुम मुझ पर छाई जा रही थीं और मुझे पता ही नहीं था कि मैं तुम्हें कैसे जवाब दूँ।

तब मुझे तुम्हारे पैरों की याद आई। तुम मेरे पीछे थीं। मैंने बहुत कोशिश की पर तुम्हारे पैर न मेरे पैरों की पहुँच में थे न हाथों की। मेरी यह अटपटी कोशिश तुमने कामयाब न होने दी। तुम्हें कैसे पता चलता कि मुझे क्या चाहिए था। मुझे बहुत अजीब लग रहा था। मुझे लग रहा था जैसे किसी अजनबी ने मेरे होंठ अपने मुँह में भर रखे हों और हालत ऐसी कि उठना मुश्किल हो रहा हो।

तुम लम्बी गर्म साँसें ले रही थीं और मैं ठंडा पड़ता जा रहा था। मेरे माथे पर पसीने की बूँदें चुहचुहा आई थीं। तुम्हारी पागल कामनाएँ चरम पर थीं और मेरी कामनाएँ न जाने कहाँ खो गई थीं। मैं नपुंसक हो रहा था। मुझे तुम्हारे पैर चाहिए थे। तुरन्त।

मैं झटके से उठा और तुम्हारे पैरों की तरफ झपटा। तुम्हारी आँखों में असीम आश्चर्य उभर आया। तुम्हारा चेहरा अजीब हो चला था। उधर तुम्हारे पैर मेरी पहुँच में आने भर को थे कि मेरी कामनाएँ लौट आईं। मैंने तुम्हारे पैरों में अपने पैरों को फँसाया और तुम्हारे होंठों की तरफ बढ़ा।

तुम अब तक सकते में थीं जैसे। जैसे कि कुछ समझ ही न पाई हो कि हुआ क्या आखिर। यह बोल के समझाने का समय नहीं था। मैं तुम्हारे होंठों की तरफ बढ़ा ही था कि तुमने मुझे खुद से दूर ढकेल दिया। मैं फिर से तुम्हारे पैरों की तरफ बढ़ा और तब तुमने मुझे लात मारी और कमरे की सिटकिनी खोल दी।

दूसरे दिन तुम्हारी आँखों में एक पीड़ा भरा उपहास भरा था मेरे लिए। जो उस दिन के बाद से हमेशा बना रहा। उस दिन के बाद मेरे पैरों पर अपने पैर तुमने कभी नहीं रखे। कभी गलती से छू भी गए तो तुमने उन्हें ऐसे झटके से वापस खींचा जैसे तुम्हारे पैरों में कोई अंगारा छू गया हो।

मेरी हालत भी ऐसी ही होती है पर मैं इस अंगारे की आग में जल ही जाता हूँ। मेरी समूची चेतना सिहरकर रह जाती है। फिलहाल तो उस दिन के बाद से यही सब चल रहा है। जबकि मुझे पता है कि दुनिया में वही दो पैर हैं जो मेरे लिए बने हुए हैं।

तुमने उस दिन के बाद से मुझसे बात करनी बन्द कर दी। मैं तुमसे बात करना चाहता हूँ। मेरे भीतर जो कुछ भी घटा था उस दिन तुम्हें बताना चाहता हूँ। मैं इन्तजार कर रहा हूँ उस दिन का, कि तुम्हारे भीतर का वह उपहास भरा गुस्सा कम हो तो शायद तुम मेरी बात सुन सको।

मैं सोचता रहता हूँ हर पल कि तब मैं तुमको सब कुछ कैसे बताऊँगा। यह डर भी हमेशा सताता रहता है कि तुम मुझ पर भरोसा भी करोगी कि नहीं। और तो और जो कुछ भी उस दिन घटा अगर दोबारा सब कुछ वैसे ही घटा तो? जब भी यह बात मेरे मन में आती है वही उस दिन वाली ठंडे पसीने की बूँदें चुहचुहाने लगती हैं। हाथों पैरों में जैसे जान ही नहीं रहती है।

उनमें दोबारा जान तभी लौटती है जब तुम्हारी लाख सावधानी के बावजूद किसी पल के किसी बहुत छोटे हिस्से के लिए ही सही तुम्हारे पैर मेरे पैरों से छू जाते हैं। जब तक मैं तुम्हें अपनी बात समझा नहीं पाता तब तक उन्हीं दो पलों की जिन्दगी के भीतर मरता रहता हूँ।

झपकी

ट्रेन एकदम समय पर आई थी। यह साफ-सुथरी दिख रही थी और अगरबत्ती की तरह महक रही थी। इसी महक में तैरते हुए मुझे राजधानी जाना था।

ट्रेन में बैठते ही मैंने पत्नी को फोन करके बता दिया था कि ट्रेन सही समय पर है। मैं अपनी सीट पर बैठ गया हूँ और अब तुम्हारी दी हुई टिफिन खाने जा रहा हूँ। कि तुम्हारे हाथ के कबाब का मुकाबला तो संजीव कपूर भी नहीं कर सकता। पत्नी हँसी और बोली कि मस्के नहीं लगाओगे तब भी चलेगा। मैंने बेटी के बारे में पूछा तो पत्नी ने बताया कि वह अपने किसी दोस्त से बात कर रही है। और इस तरह से जब तक हमारी बातचीत खत्म होती तब तक मैंने टिफिन खोल लिया था। अब कबाब की महक ट्रेन में तैर रही अगरबत्ती की महक के मुकाबले में उतर चुकी थी।

अचानक मैंने पाया कि मैं लोगों से घिरा हुआ हूँ। लोगों की आँखों में मेरे प्रति घृणा, हिकारत और हिंसा का भाव था। मैं इसकी वजह समझ पाता इसके पहले ट्रेन की आवाज से भी ज्यादा कर्कश एक मिले जुले-शोर ने मुझ पर हमला बोल दिया—

"ट्रेन में अगरबत्ती जल रही है और तू कबाब खाएगा?"

"किस जाति का है?"

"शक्ल नहीं देखते! शकल से ही विधर्मी लग रहा है।"

"कबाब किस चीज का है?"

"बीफ होगा। हमारी आस्था का अपमान किए बिना इन सालों को नींद कब आती है?"

"खिड़की से बाहर फेंको इसे...।"

"अरे नहीं...फेंकने मत दो। जब्त करो। जाँच होनी चाहिए कि कबाब किस चीज का है।"

"इन लोगों को तो टिकट ही नहीं देना चाहिए। देश हो या ट्रेन, जीना दूभर कर रखा है ससुरों ने।"

"कहाँ घर है बे तेरा?"

"होगा किसी मिनी पाकिस्तान में।"

और भी तरह-तरह के सवाल और टिप्पणियाँ थीं। उन सवालों को किसी भी तरह के जवाबों की दरकार न थी। फिर भी मैंने अपनी तरफ से जवाब देने की कोशिश करते हुए कहा कि, "ये कबाब गूलर के बने हैं।" मैंने अपनी टिफिन ऊपर बढ़ाते हुए कहा कि, "आप टेस्ट कर सकते हैं...।"

मेरी इस बात पर वे भड़क उठे। "साले हमारा भी धरम भ्रष्ट करोगे।"

इसी भड़क के साथ मेरे गाल पर एक पथरीला तमाचा पड़ा। इसके बाद मार खाते हुए मैंने अनन्त की संख्या के बारे में सोचा और उसे महसूस न कर पाते हुए बेहोश हो गया।

न जाने कितनी देर बाद मेरी आँख खुली और अपने आप ही दोबारा बन्द हो गई। रोशनी इतनी तेज थी कि बर्दाश्त के बाहर थी। बरबस मेरे हाथ आँखों को छाया देने के लिए बढ़े पर मैंने पाया कि मेरे दोनों हाथ पीछे की तरफ बँधे हुए थे। मेरे मुँह से चीख सी निकल गई। आखिर मैं हूँ कहाँ? कौन सी जगह है ये? किसने बाँध रखा है मुझे यहाँ?

यही बातें मैं चिल्ला-चिल्ला कर कहना चाहता था पर मेरे मुँह से निकला—पानी। मुझे प्यास लगी थी। प्यास से हलक सूख रहा था। इतना कि, बोलने की ताकत भी नहीं बची थी मुझमें।

मैं मच्छरों के भिनभिनाने जैसी आवाज में पानी-पानी रटता रहा। पानी-पानी करते हुए ही मेरी निगाह सामने की खिड़की पर गई। मैं एक बेंच पर पड़ा हुआ था। खिड़की के रंगीन काँच में जो छवि दिख रही थी वह मेरे उस चेहरे से जरा भी मेल नहीं खा रही थी जिसे मैं रोज तरह-तरह से देखा करता था। जो आवाज मेरे गले से निकल रही थी वह भी मेरी आवाज नहीं थी। ये आवाज और चेहरा कोई और ही था जो उन लोगों ने मेरे ऊपर जबरन थोप दिया था।

इसी बेहोशी में मैंने दूसरा दृश्य देखा। मैं घर लौट आया हूँ। मेरी पत्नी और मेरी बेटी मुझे पहचान भी नहीं पा रही हैं। उन्होंने सौ नम्बर पर फोन कर दिया है। इस दृश्य में पुलिस आ पाती इसके पहले मैंने अपने को एक रेगिस्तान में प्यास से तड़पकर मरते हुए पाया। मुझे इस रेगिस्तान में दफन होने से एक घूँट पानी ही बचा सकता था। मैं अपनी पूरी ताकत से बुदबुदाया—पानी...पानी।

वह एक घूँट पानी मुझे मिला। पूरे एक चाय के कप भर पानी। एक दयालु हाथ ने मुझे पानी पिलाया। पानी पीते हुए मेरी निगाह भी उस व्यक्ति पर नहीं गई जिसने मुझे पानी दिया था। इस एक घूँट पानी ने मुझे उस रेगिस्तानी दुःस्वप्न से बाहर निकाल लिया था जिसमें मैं बालू हो जाने वाला था।

पानी पीते ही मैंने दोबारा अपने को कमरे में पाया। मैं अभी भी बँधा हुआ था और कमरे में बहुत तेज रोशनी थी। फिर भी मैं उस आदमी को देख पाया जो मेरे सामने बैठा था और मुस्करा रहा था। मुझे समझ में नहीं आया कि जो चेहरा मेरे चेहरे पर जड़ दिया गया था उसे देखते हुए किस तरह से मुस्कराया जा सकता है। मैंने सामने के व्यक्ति को पानी के लिए शुक्रिया कहा और इस बात के लिए माफी माँगी कि मैं उसकी मुस्कराहट के जवाब में मुस्करा नहीं पा रहा हूँ।

उसने कहा कि कोई बात नहीं। वह इस बात का बुरा नहीं मानेगा। वह एक उदार मुलाजिम है और मैं उसकी उदारता का अन्दाजा इस बात से भी लगा सकता हूँ कि उसने खुद अपने हाथों से मुझे पानी पिलाया।

उसने कहा कि उसे जल्दी जाना है इसलिए बेहतर होगा कि मैं उसका ज्यादा समय न लूँ और उसके सवालों के सच सच और जल्दी जल्दी जवाब दूँ। तो पहला सवाल यह है कि, "आप अपने नाखून क्यों नहीं बनाते?"

सवाल मेरी समझ में नहीं आया। अगर मेरे हाथ बँधे न होते तो शायद मैं अपने नाखून देखता पर वैसा न हो पाने की स्थिति में मेरे मुँह से निकला—"जी?"

"जब लोग ट्रेन में आपको काबू करने की कोशिश कर रहे थे तब आपने सहयोग क्यों नहीं किया? कुल तीन लोग आपके नाखूनों से जख्मी हुए।"

"मैंने किया क्या था जो कोई मुझे काबू में करता?"

"यहाँ सवाल पूछने की इजाजत सिर्फ मुझे है। आपको बस जवाब देना है। दाढ़ी क्यों रखते हैं आप?"

"जी! रखता नहीं हूँ। बनाने में देर हो जाती है कभी-कभी।"

"आप ट्रेन में आक्रामक क्यों हो रहे थे?"

"मैंने क्या आक्रामकता दिखाई?"

"आप जोर से बोल रहे थे। आप लगातार अपनी ही कहे जा रहे थे। ट्रेन के सारे लोग आपकी बात सुन रहे थे। इससे माहौल बिगड़ने का खतरा था।"

"और माहौल बिगड़ ही गया आखिरकार!"

"तंज मत कसिए। सच तो यही है।"

"तो क्या मैं दोषी हूँ माहौल बिगड़ने के लिए?"

"पहली नजर में तो यही लग रहा है पर हम इतनी जल्दी राय नहीं बनाते। इसी बात की तो जाँच चल रही है। हम जाँच के बाद ही कोई राय बनाएँगे।"

"कृपा है आपकी। ये कौन सा स्टेशन है?"

"इस सवाल का जवाब देने की इजाजत नहीं है।"

"क्या मैं गिरफ्तार हूँ?"

"बिल्कुल नहीं सर, पर आप यहाँ से जा नहीं सकते, जब तक कि इजाजत न हो।"

"इजाजत न हो! मतलब? किसकी इजाजत न हो?"

"सर, सवाल पूछना मेरा काम है, आपका नहीं। फिर भी जवाब यह है कि आप गिरफ्तार नहीं हैं। आप सन्दिग्ध हैं, इसलिए आपको रोका गया है।"

"मैं सन्दिग्ध हूँ! मैं...मुझे तो आप ही सन्दिग्ध दिखाई दे रहे हैं। उसको बुलाइए जिसने मुझे यहाँ रोक रखा है।"

"चिल्लाइए मत सर। उन्हें यह भी शक है कि आप नक्सलवादी हो सकते हैं। अर्बन नक्सल। आप साबित कर सकते हैं कि आप अर्बन नक्सल नहीं हैं?"

"मैं क्यों कुछ साबित करूँ? आप साबित कीजिए कि मैं नक्सल या आपकी भाषा में अर्बन नक्सल हूँ।"

"हम व्यवस्था के अंग हैं। हमें चुनौती मत दीजिए। हम तो यह भी साबित कर सकते हैं कि आप का सम्बन्ध दुनिया के सबसे खतरनाक आतंकी संगठनों से है—मसलन् आप लिट्टे को जीवित करना चाहते हैं या कि आइएस की भारतीय शाखा..."

"अरे! कुछ भी बोलते चले जा रहे हो तुम! तुम्हारे बाप का राज है कि जो कहोगे सब मान लेंगे?"

"हमारे पिताजी पर मत जाइए सर। आप बार बार आक्रामक और बत्तमीज होने लगते हैं। इसीलिए आपको यहाँ रोकना पड़ा। आज के जमाने में व्यवस्था के बाप पर सवाल उठाने की हिम्मत किसमें है? आप उठा रहे हैं इसलिए आप खतरनाक हैं। आप अभी आतंकी नहीं हैं तो कल को हो जाएँगे। इसलिए आपका इलाज बहुत जरूरी है।"

"अरे कुछ भी बोले जा रहे हो तुम...बुलाओ उसे, जिसने मुझे यहाँ रोका है।"

"अगर मैं कहूँ कि मैंने ही रोक रखा है तो?"

"तुम झूठ बोल रहे हो...।"

"आप साबित कीजिए कि ऐसा है। सरकारी काम कर रहे अधिकारी पर आप इल्जाम लगा रहे हैं।"

"तुम साबित करो कि तुम सरकारी काम पर हो।"

"क्या साबित करूँ! क्या इतना कम है कि आप मेरी मर्जी के बिना कहीं बाहर नहीं जा सकते।"

"अरे तो बता न भाई कि बाहर जाने के लिए क्या करना होगा मुझे?"

"मैं आपका भाई नहीं हूँ सर। मैं ड्यूटी पर हूँ। मुझे भाई कहना घूस देने के बराबर है। आप पहले ही सन्दिग्ध हैं। एक और जुर्म मत कीजिए।"

"अरे कुछ भी बोले जा रहे हो तुम। क्या कहूँ मैं आपको? सर?"

"कृपया सर न कहें। कल को साबित हो सकता है कि आप पब्लिक हैं और हम तो पब्लिक सर्वेंट हैं ही। सर तो हम ही कहेंगे आपको।"

"तो क्या बोलूँ मैं तुम्हें?"

"कुछ नहीं। बस सवालों का जवाब दीजिए।"

"पूछो।"

"अपना नाम बताइए।"

"मनोज कुमार पांडेय।"

"टिकट में तो मनोज पांडेय है...।"

"यहाँ कम अक्षरों में लिखना होता है।"

"तो नाम छोटा करवाइए अपना। ये तो धोखाधड़ी है। पर आपका अपराध इतना छोटा तो नहीं लगता। अपना आधार नम्बर बताइए।"

"याद नहीं हैं। इतना लम्बा नम्बर कौन याद रखता है। मेरे पर्स में है। खुद ही देख लो।"

"मुझे मेरा काम मत सिखाइए। देख चुका हूँ मैं। आपकी आधार कार्ड वाली तसवीर आपके चेहरे से मेल नहीं खाती। कौन हैं आप? असली मनोज का क्या किया?"

"मजाक मत करो यार। प्लीज हाथ खोलो मेरा। मुझे तकलीफ हो रही है।"

"सीमा पर जवान रोज शहीद हो रहे हैं और आपको अपनी ही तकलीफ की पड़ी है? आप लोगों ने नरक बना रखा है इस देश को।"

"भाई! आपकी बातें मेरी समझ में नहीं आ रही हैं।"

"कैसे समझ में आएँगी। अपना धर्म बताइए।"

"हिन्दू।"

"विश्व हिन्दू परिषद के अध्यक्ष का नाम बताइए।"

"नहीं पता।"

"पाकिस्तान के प्रधानमंत्री का नाम बताइए।"

"जी! इमरान खान।"

"वाह सर। ये कैसे पता? पिताजी का नाम जुबान पर आ ही गया आखिर।"

"अरे! उसका नाम कौन नहीं जानता? जैसे कपिल देव, गावस्कर, अजहर वैसे ही इमरान, मियाँदाद या इजमाम। कौन नहीं जानता इनका नाम? आप नहीं जानते क्या?"

"मेरे जानने या न जानने से क्या फर्क पड़ता है सर। सवाल आपसे पूछे जा रहे हैं। जवाब भी आपको ही देना है। आपके लिट्टे से क्या सम्बन्ध हैं?"

"कुछ भी! मेरा लिट्टे से कोई सम्बन्ध नहीं है।"

"सोच-समझ कर बताएँ सर। मेरे पास इस बात के प्रमाण हो सकते हैं। आपके सामान में लिट्टी पाई गई है। भला क्यों?"

"रास्ते में खाने के लिए...।"

"या दूसरों को उड़ाने के लिए? वैसे वह जाँच के लिए भेज दी गई है।"

"अरे!"

"आप इस तरह से चकित मत होइए सर। यह हमारी ड्यूटी का हिस्सा है। आप ऐसी बातों पर चकित होने लगेंगे तो जीवन भर चकित ही होते रहेंगे।"

"जी...। क्या मैं किसी को फोन कर सकता हूँ?"

"हाँ जरूर सर, पर आपका फोन तो मेरे पास है। वह जाँच के लिए भेज दिया गया है। उसमें फीड सभी नम्बरों की जाँच के बाद वह आपको वापस लौटा दिया जाएगा।"

“पर वह तो लॉक था!”

“मजाक कर रहे हैं सर। हमारे लिए सब कुछ अन्लॉक है। चलिए, अपने टिकट का पीएनआर नम्बर बताइए।”

“टिकट तो आपने ही जब्त किया हुआ है देख लीजिए।”

“आदेश मत दीजिए सर। हम सरकारी ड्यूटी पर हैं। टिकट भले हमारे पास है पर उसमें यात्री के रूप में आपका नाम है। आपको पीएनआर नम्बर पता होना चाहिए।”

“अरे यार आप पागल हो क्या? भला पीएनआर नम्बर किसे याद रहता है?”

“सर आपने मुझे फिर से यार कहा और पागल भी। आप बेवजह अपनी मुसीबत बढ़ा रहे हैं। आपकी बेहतरी इसी में है कि सीधे-सीधे पूछे गए सवालों के जवाब देते चलें। अपने घर का पता बताइए।”

“अबे कुत्ते, मेरा आधार कार्ड है न तेरे पास। देख ले वहीं पर।”

“मैंने देखा था सर। उसमें तो किसी मनोज पांडेय का पता है। आप साबित करो कि आप वही हो। हम जाने देंगे आपको। पर आपने मुझे कुत्ता कहा सर। ये गलत बात है। मुझे आपके चूतड़ पर लात मारनी पड़ेगी। कृपया अपना चूतड़ इधर करें।”

“अरे, तुम मारोगे मुझे?”

“हाँ सर, मारना पड़ेगा। आपको सबक देना और विनम्र नागरिक बनाना हमारी जिम्मेदारी है। कृपया अपना चूतड़ इधर करें। मुझे आपके चूतड़ की तरफ जाना पड़ा या कि लात मारने के लिए मदद बुलानी पड़ी तो आपको थप्पड़ भी मारना पड़ेगा। प्लीज सर, आप वह कीजिए जिसके लिए मैं आपसे कह रहा हूँ।”

“अरे कोई सुन रहा है क्या? क्या अन्धेरगर्दी चल रही है यहाँ? कोई और है यहाँ इस पागल के अलावा...?”

“सर, आपने यह अच्छा नहीं किया। लात तो आपको अब भी पड़ेगी ही सर। अब जो लोग आएँगे वे मुझसे भी ज्यादा देशप्रेमी और कर्तव्यनिष्ठ हैं।

वे लोग तो सीधे फैसला ही सुनाते हैं और उनको बुलाने के साथ ही आपका फैसला हो चुका है। आपको ट्रेन के आगे फेंका जा रहा है। कल ट्रेन के नीचे अपने मरने कटने की खबर अखबारों में देख लीजिएगा।"

मैं जब तक कुछ समझ पाता तब तक कई लोगों ने आकर मुझे पकड़ लिया। उन सबके चेहरे एक जैसे थे। उन्होंने मेरे हाथ खोले और उन्हें उमेठ कर तोड़ दिया। मैं बेपनाह दर्द से चिल्लाया पर तब तक मेरी आवाज गायब हो चुकी थी। उन सबने मुझे एक आती हुई ट्रेन के सामने उछाल दिया। पूरी गति से आती ट्रेन ने मुझे एक जोरदार झटके के साथ उठाकर प्लेटफार्म पर फेंक दिया।

एक जोर की चीख के साथ मैं उठ बैठा। मैंने पाया कि मैं बेंच पर बैठे बैठे सो गया था और सपना देख रहा था। मौसम खुशनुमा था पर मैं सिर से पैर तक पसीने में डूबा हुआ था। मैंने उठने की कोशिश की तो लगा जैसे पैरों में जान ही नहीं है। सामने देखा तो गाड़ी आधे घंटे और लेट हो गई थी।

दूसरी तरफ निगाह गई तो पाया कि एक व्यक्ति मेरी ही तरफ देख रहा था। मुझे वह हूबहू सपने में देखे गए उस अधिकारी की तरह लगा। मेरी रीढ़ की हड्डियों तक में सिहरन दौड़ गई। मैंने उधर से नजर हटा ली और पर्स से आधार कार्ड निकाल कर उसका नम्बर याद करने लगा।

क्या पता बच ही जाऊँ

हम इंटर में साथ में पढ़ते थे। बाद में कुछ ऐसा संयोग बना कि बीए और एमए में भी साथ-साथ रहे। हम दोनों की रुचियाँ एक जैसी थीं। इसलिए हमारे बीच लम्बी निभी।

जब हम इंटर में थे तब दोनों ही वेदप्रकाश शर्मा, सुरेन्द्र मोहन पाठक और ओमप्रकाश शर्मा के दीवाने थे। इनकी अनुपस्थिति में हम दूसरे लेखकों की किताबें भी पढ़ ही लेते पर जो मजा इनकी किताबों में आता वह कहीं और नहीं था। खासकर वेदप्रकाश शर्मा के थ्रिलर उपन्यासों का, जो जमीन से कई फुट ऊपर उठे होते। पढ़ते हुए दिमाग से भाप निकलने लगती।

बाद में दोनों को सुरेन्द्र मोहन पाठक ज्यादा पसन्द आए जिनके उपन्यासों के किरदार ज्यादा जमीनी थे। वेदप्रकाश शर्मा के किरदारों का गोली और बन्दूक भी कुछ नहीं बिगाड़ पाते थे जबकि पाठक के किरदार अक्सर पिट जाते थे। वे बिल्कुल हमारी तरह थे। सारी स्मार्टनेस और बहादुरी के बावजूद हम भी अक्सर पिटते ही रहते थे। यह भी एक बात थी जो हम दोनों को जोड़ती थी।

पर बीए के दौरान इस बात से निपटने के हमने अलग-अलग तरीके ढूँढ़े। मैंने कुछ दबंग लड़कों से दोस्ती गाँठनी शुरू की। मैं अक्सर उनके

साथ दिखता। मैंने हमेशा यह कोशिश की कि विश्वविद्यालय में हर कोई यह देखे कि मैं कितने बदमाश लड़कों के साथ उठता-बैठता हूँ। लोग दब के रहें मुझसे। और काफी हद तक यह हुआ भी। लोग दबने भी लगे मुझसे।

पर वह कभी नहीं दबा। न मुझसे न किसी और से। अक्सर वह मेरे मुँह पर ही कह देता कि ये जो तुम उन हरामियों के तलवे चाटते हो उससे क्या मिल जाता है तुम्हें? वह अभी नया-नया ही एक वामपंथी छात्र संगठन में शामिल हुआ था और तेजी से उनकी शब्दावली सीख रहा था। बुर्जुआ, सर्वहारा, बिचौलिया, छात्र एकता जैसे शब्द लगातार उसकी जबान पर बने रहते। मैं उस पर हँसता। वह मुझ पर तरस खाता। नाराज होता।

इसके बावजूद हम अक्सर एक-दूसरे से मिलते-टकराते रहे। बचपन से लेकर अब तक की न जाने कितनी साझा स्मृतियाँ थीं जो हमें जोड़ती थीं। इसकी बावजूद दोनों की एक ऐसी भी दुनिया बन रही थी जिसमें दूसरे की पहुँच नहीं थी। जैसे पहली बार किसी अखबार को पढ़ते हुए मैंने जाना कि वह कविताएँ लिखने लगा है। उसी तरह उसे भी मेरे एक प्रादेशिक चैनल में पत्रकार हो जाने की बात तब पता चली जब मैं उसके एक धरने की रिपोर्टिंग के लिए गया।

हम बहुत दिनों बाद मिले थे पर पुरानी पहचान की एक हल्की सी चमक दोनों के चेहरों पर थी। हम दोनों ने एक-दूसरे को अपना नम्बर दिया और जल्द ही बतियाने के वादे के साथ अलग हुए। जैसा कि होना था न उसका फोन आया न मैंने किया कभी। जल्दी ही मैंने राजधानी का सबसे तेज चैनल ज्वाइन किया और उस शहर से बाहर निकल आया। वह वहीं रह गया।

बहुत दिनों बाद जब उसका फोन आया तो मैं अपने चैनल की तरफ से पश्चिम बंगाल में चल रहे एक साम्प्रदायिक तनाव को कवर करने के लिए भेजा गया था। वहाँ पहुँचकर मैंने पाया कि वास्तविकता उसके ठीक उलट थी जैसी कि तमाम न्यूज चैनलों पर दिखाई जा रही थी। मैंने यह बात अपने सम्पादक को बताई तो उसने एक बनारसी गाली देते हुए कहा कि तू

जो बता रहा है वह बात किसको नहीं पता है पर राष्ट्र का हित किस बात में है हमें यह भी देखना है।

मुझे इस तनाव में म्याँमार से भागकर आए रोहिंग्या शरणार्थियों की संलिप्तता खोजनी थी। मुझे रोहिंग्या मुसलमानों और स्थानीय मुसलमानों के बीच के छुपे हुए सूत्र तलाशने थे। सम्पादक को गृह मंत्रालय के कुछ सूत्रों ने बताया था कि रोंहिग्या मुसलमान देश की एकता के लिए बहुत बड़ा खतरा साबित होने वाले हैं। वे कुछ बड़ा करने की योजना बना रहे हैं और पच्छिम बंगाल का ताजा तनाव तो एक बड़े सिलसिले की छोटी सी शुरुआत भर है।

तो जब उसका फोन आया तो मैं इस बड़े सिलसिले के सबूत खोजने में व्यस्त था। जल्दी-जल्दी में मैंने जो सुना वह यह था कि वह और उसके लोग मुसीबत में थे। वे शहर के बाहरी इलाके में कृषि भूमि पर एक केमिकल प्लांट लगाने का विरोध कर रहे थे। एक दिन भीड़ बेकाबू हो गई और उसने उस बन रहे प्लांट में तोड़-फोड़ की। प्लांट के मालिकों ने उस पर और उसके साथियों पर घातक हथियारों के साथ डकैती का मुकदमा किया था।

वह अपने साथियों के साथ भागता फिर रहा था। उसे शक था कि पुलिस देखते ही उन सब का इनकाउंटर कर देगी। उसने सोशल मीडिया पर अपने कई वीडियो अपलोड किए थे और लोगों से समर्थन की गुजारिश की थी। बदले में उसका सोशल मीडिया एकाउंट बन्द कर दिया गया था। वह चाहता था कि मैं अपने चैनल में किसी तरह से इस बात की सम्भावना बनाऊँ कि उसके फेवर में एक पाजिटिव खबर चलाई जा सके।

मैं जानता था यह सम्भव नहीं है। यह सम्भव होता तो मैं यहाँ बंगाल में जो चीज कहीं है ही नहीं वह न तलाश रहा होता। दूसरे, मुझसे यह उम्मीद करते हुए वह चैनल में मेरी हैसियत को महत्त्वपूर्ण मान रहा था कि मैं उसके लिए कुछ सम्भव कर सकता हूँ। मैंने उसका भ्रम नहीं तोड़ा पर इस बारे में मेरे भीतर किसी भी तरह का कोई भ्रम नहीं था। मैं जानता था कि चैनल में मेरी कोई हैसियत नहीं थी।

मैं तो यह भी जानता था कि रोज रात को शेर की तरह दहाड़ने वाला मेरा हेड किसका कुत्ता था। पर यह बात उसे नहीं बताई जा सकती थी। तब वह इस बुरे हाल में भी मुझसे पूछ ही लेता कि मैं किसका कुत्ता था। खैर मैंने उसे आश्वासन दिया कि मुझसे जो भी बन पड़ेगा मैं करूँगा और मैं उससे जल्दी ही सम्पर्क करूँगा। उससे यह कहने के साथ ही मैंने उसका नम्बर ब्लॉक कर दिया। ऐसा करते हुए मुझे बुरा जरूर लगा पर जिन चीजों में उसने अपनी टाँग फँसा रखी थी, उनसे मैं दूर ही रहना चाहता था।

फिर मैं उन तमाम कामों में व्यस्त होता गया जो मालिक मुझे सौंपता रहा। अपनी मेहनत और समर्पण के दम पर मैंने खूब नाम कमाया। दिल्ली में मकान लिया। कई शहरों में प्लाट लेकर छोड़ रखा है। दरअसल यहाँ सब कुछ अचानक कई बार इतना अनिश्चित-सा हो जाता है कि मैं नहीं चाहता कि इस अनिश्चितता की हल्की सी भी आँच मेरे परिवार पर पड़े। परिवार का मुझमें जो भरोसा है वह बचाए रखने के लिए मैं कुछ भी कर सकता हूँ।

मैं उसे भूल ही गया था। मुझे बस इतना पता चला था कि पकड़े जाने पर एनकाउंटर की उसकी आशंका गलत साबित हुई थी। उस पर बाकायदा डकैती का केस चला था और करीब पाँच साल बाद जब वह बाइज्जत बरी हुआ था तब तक पूरे पाँच साल वह जेल में बिता चुका था। अब उसकी और मेरी दुनिया की विभाजक रेखा इतनी साफ थी कि उसके बारे में सोचने का भी कोई मतलब नहीं रह गया था। यह अलग बात है मुझे सोचने के लिए कहा गया।

हेड ने एक दिन मुझे खाने पर बुलाया और उस घटना के बारे में विस्तार से बताया। सम्भवत: यह उस घरेलू माहौल का ही असर रहा होगा कि मैं यह बताने की गलती कर बैठा कि कभी वह मेरा दोस्त रहा था। हेड यह बात सुनकर उछल पड़ा। उसने कहा कि इसका मतलब यह है कि मैंने एकदम सही व्यक्ति को चुना है। अब यह काम तुमसे बेहतर कोई और कर ही नहीं सकता। अब अपने दोस्त को इनसाफ तुम्हीं दिलाओगे।

मैंने कहा कि इनसाफ तो हो चुका। हेड ने कहा कि यह तो पुरानी बात है जो सबको पता है। पर अब अपराध और इनसाफ का यह खेल नए सिरे से खेला जाना है। अपराध भी नए होंगे और इनसाफ भी नया होगा। अबकी बार यह इनसाफ हमारा चैनल करेगा। तुम्हारे दोस्त की कुर्बानी को हम बेकार नहीं जाने देंगे। हम लोगों को दिखा देंगे कि लोकतंत्र में मीडिया की क्या हैसियत होती है।

जल्दी ही मैंने हेड की इनसाफ वाली भाषा के पीछे के सूत्रों को खोज निकाला। केमिकल प्लांट लगाने वाला उद्योगपति पिछले मुख्यमंत्री का मुँहलगा था। नए मुख्यमंत्री चाहते थे कि वह सारी बातें नए सिरे से उछाली जाएँ जिससे कि उस उद्योगपति के साथ-साथ पूर्व मुख्यमंत्री के खिलाफ भी माहौल बने। उस जमीन पर उनके अपने उद्योगपति की नजर थी। इसमें मेरा वह पुराना दोस्त एक मोहरे की तरह इस्तेमाल होने वाला था।

मैं अपना काम शुरू करता इसके पहले ही उसके ऊपर कोई केमिकल फेंक दिया गया। वह जिसे बहुत पहले मैं जानता था वह मांस के एक गलते हुए बदबूदार लोथड़े में बदल गया। ज्यादातर अखबारों में यह पहले पेज की खबर बनी। इसी दिन सारे अखबारों में आधे पेज का विज्ञापन छपा कि कानून और व्यवस्था सूबे के मुख्यमंत्री के लिए सबसे आधारभूत चीज है। जो भी इसके रास्ते में आएगा उसके ऊपर कड़ी कार्यवाही की जाएगी, चाहे वह कितना भी प्रभावशाली व्यक्ति क्यों न हो।

कई अखबारों में इस केमिकल फेंके जाने की घटना के लिए इशारों-इशारों में केमिकल कम्पनी और उसके मालिकान पर शक जाहिर किया गया था। कई अखबारों ने इस केमिकल कम्पनी की शुरुआत से लेकर उसका अब तक का इतिहास-भूगोल छापा था। बॉक्स में यह भी बताया गया था कि मेरा पुराना दोस्त कैसे शुरू से ही कम्पनी के मालिकों की आँखों में गड़ता रहा है और उसे रास्ते से हटाने के लिए कम्पनी ने अब तक किस-किस तरह की गर्हित कोशिशें की।

सारा खेल एकदम साफ नजर आ रहा था। हेड के फोन के साथ यह और भी साफ हो गया। हेड ने बताया कि डाक्टरों का कहना है कि तुम्हारे पुराने दोस्त के पास दस-बारह घंटे से ज्यादा समय नहीं बचा है। इतने समय में उसके अन्दरूनी अंग भी गलकर बहने लगेंगे। अब उसका मौत से बच सकना लगभग असम्भव है। इसलिए यह जरूरी हो गया है कि हम इनसाफ की अपनी लड़ाई को तेज करें। वह तो अब मर ही रहा है पर इनसाफ का तकाजा यह है कि हम दोषियों को कठघरे में खड़ा करें। इसके लिए हमें जो भी करना पड़े बेहिचक करें।

इसके बाद हेड ने वह कहा जिसकी वह भूमिका बना रहा था। उसने कहा कि हम तुम्हारे दोस्त की मौत लाइव दिखाएँगे। इससे जनता के मन में एक विद्रोह पनपेगा और तुम्हारे दोस्त को इनसाफ दिलाने में मदद मिलेगी। मैंने हमेशा की तरह हेड की बात का समर्थन किया। इस बारे में मैंने बहुत पहले से अपने भीतर यह बात बिठा ली है कि मालिक के खिलाफ तभी जाओ जब नौकरी छोड़ने का मन हो या कि नौकरी छोड़ने पर नौकरी करने की अपेक्षा ज्यादा फायदा होनेवाला हो।

मैं जितनी जल्दी हो सके उतनी जल्दी उस मरते हुए आदमी के पास पहुँचना चाहता था। इसलिए मैं लाइव की रस्सी के सहारे सीधे उस कमरे में पहुँच गया जहाँ उसका इलाज चल रहा था। वह बहुत तकलीफ में था फिर भी मुझे देखकर तंज से मुस्कराया। क्या पता यह मेरे ही मन का चोर हो जो कभी-कभी न जाने कहाँ से प्रकट हो जाता है। जो भी हो पर मैंने उसकी मुस्कराहट का जवाब मुस्कराहट से दिया। यह मेरी पेशेवर ट्रेनिंग थी। इसमें किसी सचमुच की तंज भरी मुस्कान के लिए कोई जगह नहीं थी।

वह जिस तरह से साँस ले रहा था यह अपने आप में हॉरर था। उसका चेहरा बदल गया था। नाक के आसपास गाल इस तरह से सूजा हुआ था कि नाक सूजन में ही समा गई थी। नाक की बस नोक भर दिख रही थी। पूरे चेहरे से चमड़ी गायब थी। उसका हाल लाइव करते हुए मुझे हेड की

बात याद आई कि यह इसकी आखिरी घड़ी है। यह अब कभी बात नहीं कर पाएगा। यह अब कभी उठ नहीं पाएगा।

मुझे लाइव करते देखकर बहुत सारे लोग इकट्ठा हो गए। ज्यादातर तमाशाई थे पर कुछ हैं जो मेरे दोस्त के सच्चे साथी हैं। उन्होंने लाइव का तार तोड़ दिया और उसे लाइव से बचाकर कहीं और ले जाने लगे।

मैं अपने कैमरामैन के साथ उनके पीछे लगा रहा पर वह भी समय आया जब उसके दोस्तों ने मेरा रास्ता हर तरह से बन्द कर दिया। हेड लगातार फोन पर था और मुझे गालियाँ बक रहा था कि तुम इतनी छोटी-सी स्टोरी भी नहीं सँभाल पा रहे हो। बदले में मैं हेड से लगातार सॉरी बोल रहा था पर वह मेरी सॉरी भी सुनने के मूड में नहीं था। उसे तो बस सब्जेक्ट की मौत चाहिए थी। वह भी लाइव।

उसका लाइव खराब हो गया था जिसका गुस्सा वह लगातार मुझ पर उतार रहा था। मैं किस पर गुस्सा उतारता! वो कहते हैं न कि दोस्त ही दोस्त के काम आता है। तो मैंने अपने कैमरा पर्सन को इशारा किया और अपने पुराने दोस्त की तरफ देखते हुए चिल्लाया कि, कहीं भी जाओ पर अब तुम्हारा खेल खत्म है। ये देखो, मैं तुम्हारा नम्बर डिलीट कर रहा हूँ।

वह अपने दोस्तों के कन्धे पर था। उसने पल भर उन्हें रुकने का इशारा किया। उसने सीधे मेरी आँखों में देखा। उसके होंठ बेआवाज हिले पर उसकी बात मुझ तक पहुँच गई। उसने कहा, इतनी भी क्या जल्दी है दोस्त? क्या पता बच ही जाऊँ!

सपनों वाला घर और मेरा झोला

मैं घर से खाली हाथ निकलना चाहता था पर वो घर ही क्या जो खाली हाथ निकल जाने दे। जब मैं बाहर के लिए निकल रहा था तो घर ने कहा कि ये झोला लेते जाओ। इसमें तुम्हारे रास्ते का सामान है। मैंने घर की तरफ मना करने के लिए देखा पर घर के चेहरे पर इतनी तरह के भाव एक साथ थे कि मैंने कुछ नहीं कहा। मैंने झोला थाम लिया।

जब मैं झोले के साथ निकला तो घर देर तक मुझे देखता रहा था। अपनी पीठ पर घर की आँखें महसूस करते हुए मैंने पीछे की तरफ देखा। घर मुस्करा रहा था। उसकी मुस्कराहट की कोरों से आँसू टपक रहे थे। आँसू की बूँदें इतनी गर्म थीं कि जमीन पर गिरने से पहले ही भाप में बदल जा रही थीं। यह भाप मेरे चेहरे तक पहुँची और मैंने अपना चेहरा सामने, रास्ते की तरफ घुमा लिया।

झोला मेरे कन्धे से लटक रहा था। कई जगहों से इसके रेशे उधड़ रहे थे। उन रेशों के भीतर से झोले के भीतर के बहुत सारे सामान बाहर झाँक रहे थे। वे पहली बार घर से बाहर निकले थे। बाहर की दुनिया उन्हें नई लग रही थी और वे बाहर देखने के लिए कूद-फाँद मचा रहे थे। इस चक्कर में झोला नए सिरे से उधड़ रहा था।

झोले के भीतर से बहुत सारे दृश्य, सपने, अनुभव, पीड़ाएँ, चोटें, खुशियाँ और उदासियाँ, बाहर की दुनिया से टुकुर-टुकुर संवाद कर रहे थे। कई तरह की गरीबी और अभाव थे जिन्हें मैं घर पर ही छोड़कर आना चाहता था पर वे झोले से बाहर कूद गए थे और मेरी उँगली पकड़ कर चलने लगे। मेरे भीतर एक बेबसी भरी झल्लाहट उतरने लगी।

मैंने अपनी चाल तेज कर दी कि ये सब पीछे छूट जाएँ। तरह-तरह से उछला-कूदा कि झोला तितर-बितर ही हो जाए और उसके भीतर का सामान भी। झोले पर इसका उलटा ही असर हुआ। पता नहीं डर से या खुशी से झोले के भीतर के लोगों ने एक-दूसरे का हाथ थाम लिया। वे तेजी से उधड़े हुए रेशों की मरम्मत में लग गए।

जल्दी ही झोला नया-सा दिखने लगा पर मैं झाँसे में नहीं आया। इसके सारे ताने-बाने को मैं अलग से पहचानता था। यह पहचान इतनी गहरी थी कि मैं उन्हें कभी भी, कहीं भी देख सकता था। बिना किसी अतिरिक्त कोशिश के हवा में महसूस कर सकता था। जबकि मैं चाहता था कि यह न हो। मैं झोले को छोड़कर आगे बढ़ जाना चाहता था।

मेरा चाहा कभी भी नहीं घटा बल्कि अक्सर इसका उल्टा ही हुआ। मेरे देखते-देखते झोला घर में बदल गया। घर में मैं भी हूँ पर घर वह है जिसमें मेरा बचपन बीता। हालाँकि वर्तमान में वह घर आज कहीं नहीं है। उसकी जगह पर एक नया पक्का घर है। मैंने सपने में इस नए घर को कभी नहीं देखा। सपने में जब भी घर आता है तो यही पुराना घर आता है जो जैसे मेरे खून में बसा हुआ हो। क्या मैं किसी सपने में हूँ!

जब कभी मैं घर को याद करता हूँ तो हमेशा वही पुराना घर सामने आ खड़ा होता है। उसके एक-एक कोने-अँतरे से मेरी तमाम स्मृतियाँ जुड़ी हैं। न जाने कितने दृश्य हैं जो सामने आ जाते हैं। क्या मेरे सपने उन्हीं दृश्यों से बनते होंगे? जबकि अपने नए घर को याद करने के लिए सायास कोशिश करनी होती है तब कहीं जाकर उसकी छवि आँखों के सामने आती है।

जैसे आज के सपने में मैं अभी का हूँ पर घर पुराना वाला है। वह नीम का पेड़ है जिसको कटे कम से कम पचीस साल होने को आए। उसके चारों तरफ बना चबूतरा है जिस पर आजी बैठी हैं। मैं अम्माँ से रसोई का बचा-खुचा खाना लेकर निकलता हूँ। पीछे से भैंसें पुकार रही हैं मेरा नाम लेकर। उनकी बाँ-बाँ में मुझे मेरा नाम साफ सुनाई दे रहा है।

भैंसें उस जगह पर बँधी हैं जहाँ इस जमीन पर पुरखों का पहला घर रहा है। मैं उनकी तरफ जाने को होता हूँ कि आजी मेरे हाथ से बचा हुआ भोजन ले लेती हैं। आजी कह रही हैं कि उन्हें बहुत भूख लगी है। उस भोजन में बैगन की बिना मसाले की सब्जी है, बासी रोटियाँ हैं और बाजरे का भात है। मैं आजी से यह सब छीनना चाहता हूँ। आजी नहीं देतीं। वह रिरियाने लगती हैं, खाने दो मुझे बहुत भूख लगी है। पीछे से भैंसें मेरा नाम लेकर पुकार रही हैं।

मैं करवट बदलता हूँ और बिस्तर पर अधजगी-सी पत्नी से कहता हूँ कि अभी मैंने आजी को बासी खाने के लिए रिरियाते देखा। पत्नी कहती है कि यह सपना अच्छा नहीं है। यह तो वह सुबह बताएगी कि रात को उसने ऐसा कुछ भी नहीं कहा। मतलब यह कि रात को वह भी मेरे सपने में शामिल थी जबकि मैं उसे सपने के बाहर समझ रहा था। मैं सुबह उसे बताऊँगा कि उसने सपने से बाहर रहने का भ्रम रचते हुए कई बार मेरे सपने में हस्तक्षेप किया।

आजी जब से नहीं रहीं जब मन होता है सपने में चली आती हैं। जब तक जिन्दा थीं कभी भूले से भी मेरे सपनों में नहीं आईं। यहाँ तक कि जब मैं अपने बचपन के घर को देखता था जिसमें आजी पूरी तरह से रची-बसी हैं तब उन सपनों में भी कभी आजी नहीं दिखाई पड़ीं, कुछ इस तरह कि जैसे वह सचमुच के घर में कहीं थीं ही नहीं।

जबकि सपने में भी मैं जानता हूँ कि घर में सबसे ज्यादा कोई था तो वही थीं। सपने में मुझे कभी उनकी शकल नहीं याद आती। कई बार मैं सपने में उनका चेहरा याद करने की कोशिश करता हूँ और तब सब कुछ

दिखता है बस उनका चेहरा नहीं दिखता। कई बार चेहरे की जगह पर अँधेरा तो कई बार सपाट सतह, जो अक्सर रंग बदलती रहती है।

झोला भी आजी के चेहरे की तरह रंग बदलता रहता है। मैं इसकी माया पहचानता हूँ। इसके बावजूद मेरे भीतर इससे मुक्त होने की कोशिश उतनी सघन नहीं है जितनी होनी चाहिए थी। मेरी मुश्किल यह है कि इस झोले के भीतर की बहुत सारी चीजें मुझे अपनी चमड़ी की तरह जरूरी लगती हैं। उनके बिना मैं अपनी कल्पना भी नहीं कर पाता।

पर झोले के भीतर ऐसी भी बहुत सारी चीजें हैं जो त्वचा पर फफोलों की तरह दिखती हैं। मैं इन फफोलों से मुक्त होना चाहता हूँ। चाहता हूँ कि मेरी त्वचा को कुरूप बनाने वाले ये फफोले गायब हो जाएँ। इस तरह कि उनका कोई निशान भी मेरी चमड़ी पर न दिखाई दे। मेरी मुश्किल यह है कि इस कोशिश में अक्सर मैं इन फफोलों को फोड़ देता हूँ। फिर देर तक इनके भीतर के लिसलिसे पानी में डूबता-उतराता रहता हूँ।

मेरी साँस फूलने लगती है। फेफड़ों में यही लिसलिसा पानी भर जाता है। तब मैं देखता हूँ कि यह लिसलिसा पानी सब तरफ फैल गया है। जैसे प्रलय के समय सब तरफ पानी ही पानी रहा होगा, उसी तरह। मुझे तैरना नहीं आता। जैसे मुझे ही बचाने के लिए इसी पानी में तैरती हुई बस आती है। मैं बस पर कुछ इस बेकरारी से बैठता हूँ कि बस में पहले से बैठी सवारियाँ अचरज से मुझे देखने लगती हैं।

बस चल पड़ती है। मेरा झोला मेरी गोद में है। मैं उठता हूँ और तिरछे खड़े होकर झोला अपने सिर के ऊपर बनी जगह में रखता हूँ। वहाँ पहले से ही बहुत सारे लोगों के झोले पड़े हुए हैं। मुझे ऐसा लगता है जैसे झोलों के भीतर से बहुत सारी आँखें मुझे देख रही हों। पल भर में वे आँखें बस की सवारियों की आँखों में बदल जाती हैं। मैं कोशिश करता हूँ पर उनमें से किसी से आँखें नहीं मिला पाता। बदले में अगला जो भी स्टॉप आता है उस पर उतर जाता हूँ।

उतरते ही बस आगे बढ़ जाती है। और इसी के साथ मैं अपने उस झोले के लिए व्याकुल होने लगता हूँ जिसे मैंने जान-बूझकर छोड़ दिया है।

मैं अपने झोले के लिए बस के पीछे दौड़ने की कोशिश करता हूँ पर पूरी ताकत लगाने के बाद भी आगे नहीं बढ़ पाता। अपनी ही जगह पर बहुत भारी होता हुआ कूदता रहता हूँ। बस बहुत धीरे-धीरे जा रही है। बस बहुत देर तक मुझे दिखाई देती रहती है।

अब मैं इन्तजार करता हूँ कि कोई भला मानुस मेरा झोला बस के बाहर फेंक देगा। कोई नहीं फेंकता। मैं बस की खैरियत मनाता हूँ कि उसके साथ कहीं कोई दुर्घटना न हो। जैसे भी हैं अच्छे बुरे, उसमें मेरे सफर के साथी है। उसमें मेरा झोला है। झोले में वह सब सामान हैं जिन्हें लेकर मुझे अगली यात्रा पर निकलना है। यह झोला नहीं होगा तो मेरी यात्रा अनाथ हो जाएगी।

मैं अपनी ही जगह पर कूदता रहता हूँ। बस बहुत दूर निकल गई है पर मैं इतनी ऊपर तक कूद रहा हूँ कि दूर जाती हुई बस मुझे दिखाई दे रही है। और फिर एक ऐसा मोड़ आता है जब बस दिखाई देना बन्द हो जाती है। बस के ओझल होते ही मैं अपने पुराने घर पहुँच जाता हूँ। घर पहुँचते ही मैं रोना शुरू कर देता हूँ और रोता ही जाता हूँ। रोने के साथ मेरी उमर कम होने लगती है। मुझे समझ में ही नहीं आता कि मैं रो क्यों रहा हूँ।

मेरे आँसू मेरे बचपन का एक साथी पोंछता है जो बचपन में मेरे बहुत पतला होने को लेकर मुझे चिढ़ाया करता था। मैं उसके माथे के घाव से उसे पहचानता हूँ। यह मेरा ही दिया हुआ घाव है जब उसके चिढ़ाने से आजिज आकर मैंने एक दिन उसे ईंट के एक टुकड़े से साध दिया था। वह रोता और खून बहाता मेरे घर आया था। माँ ने उसके माथे पर फिटकरी पीस कर लगाई थी और पट्टी बाँध दी थी।

बदले में आजी ने वैसा ही घाव मेरे माथे पर हाथ पर पैरों पर बना देना चाहा था। जब मैं मार खाते हुए चिल्ला रहा था तब इसी चोट खाए दोस्त ने चिल्ला कर कहा था अबे सींकिया साले भाग...खड़े-खड़े पिट क्यों रहा है। यह तह कर के भीतर जमा दिया गया तभी का अभ्यास है कि पिटता रहता हूँ पर भाग नहीं पाता हूँ।

दोस्त मुझे खींच कर बाहर ले जाता है। दोस्त मुझे खींच कर बाहर ले जाते हैं। मैं दोस्तों के साथ जाता हूँ पर बहुत सारे दोस्तों के चेहरे नहीं पहचानता। इससे कोई फर्क नहीं पड़ता। वे अपने साथ मुझे डुबो देते हैं। उनके साथ डूबकर मैं सोचता हूँ कि अब मैं पहले जैसा नहीं रहा। अब मैं हमेशा के लिए बदल गया हूँ। अब मैं कभी नहीं रोऊँगा। अब मैं बड़ा हो गया हूँ। मैं यह बात दोस्तों से कह देता हूँ। वे मुस्कराते हैं पर मेरी बात पर कोई टिप्पणी नहीं करते।

फिर एक दिन आता है जब सारे दोस्त घर चले जाते हैं। तब मुझे भी घर की बहुत याद आती है। मुझे अचरज होता है कि घर मुझे अभी तक याद है। इस हद तक कि मैं उसकी याद में बेचैन होने लगूँ। इसी बेचैनी में मैं घर पहुँचता हूँ। आजी वहाँ डंडा लेकर मेरा इन्तजार करती मिलती हैं। मुझे डर लगे इसके पहले वह डंडा फेंक देती हैं। आजी मुझे गोद में लेती हैं और चूमती हैं। मैं टिटकारी मारते हुए सीटी बजाता हूँ।

अपनी ही बजाई हुई सीटी की आवाज मुझे सब तरफ से गूँजती हुई सुनाई पड़ती है। मैं अपने कान ढकना चाहता हूँ। आजी को यह बात पसन्द नहीं। वे मेरे कानों पर से मेरी हथेलियाँ हटाती हैं। हथेलियों के बाहर बहुत शोर है। इसी शोर में पगलाते हुए मेरी निगाह अपने झोले पर जाती है। झोला ओसारे में खूँटी पर टँगा हुआ है।

झोले के भीतर से बहुत सारी बातें झाँक रही हैं। बहुत सारे दृश्य झाँक रहे हैं जो कभी भी जीवित होने को तैयार बैठे हैं। आप भरोसा नहीं करेंगे पर झोले के भीतर मुझे अपनी ही आँखें दिखाई पड़ती हैं जो मुझे ही देखकर मुस्करा रही हैं। मैंने इस मुस्कान का जवाब आज तक नहीं दिया। आज भी दे पाऊँ यह सम्भव नहीं दिखता।

तभी मेरी निगाह दोबारा अपने झोले पर जाती है। न भी जाती तो इसे तो मैं बस साँस लेते हुए पहचान सकता हूँ। मेरी निगाह जिस चीज पर जाकर रुक जाती है वह एक बदसूरत लिखावट है। झोले के ऊपर बस के जले हुए तेल से लिखा हुआ है—सॉरी। बस वाला।

इसे पढ़ते हुए मुझे बाहर हॉर्न की आवाज सुनाई पड़ती है। मैं बाहर झाँकता हूँ तो पाता हूँ कि बस मेरे इन्तजार में खड़ी है। आजी और मेरे बहुत सारे दोस्त मुझे बुला रहे हैं कि मैं जल्दी से बैठ जाऊँ तो सफर शुरू हो। मैं तेजी से बाहर निकलता हूँ और भागना शुरू कर देता हूँ। बस मेरे पीछे लग जाती है।

बस में मेरे झोले के भीतर के सारे लोग बैठे हुए हैं और खिड़की के बाहर सिर निकाल कर ड्राइवर का उत्साह बढ़ा रहे हैं।

उमस भरी जुलाई में एक इलाहाबादी डाकिया

आप इस कमरे को देखिए। छत से टपकते हुए पानी की टप-टप आवाज सुनिए। यह आवाज मेरे कानों में कुछ इस कदर रच-बस गई है कि मौसम कोई भी हो पर यह टप-टप की आवाज मेरे कानों में हमेशा गिरती रहती है। लोग मुझ पर हँसते हैं पर मेरे ऊपर का यह छाता बारहों महीने टँगा रहता है। मुझे इसकी कोरों से टपकता हुआ पानी दिखाई देता है।

यह पानी इस कमरे की सभी जीवित या मृत चीजों में जज्ब होता रहता है। उमस बढ़ती रहती है। मेरी साँसों में भी इस कमरे जैसी ही उमस है। कागज खाने वाले कीड़े हैं जो धीरे-धीरे मुझे कुतर रहे हैं। सदियों से जमा धूल-मिट्टी है जो परत दर परत मेरा हिस्सा बनती जा रही है। दीमक हैं जिन्होंने घर ही बना लिया है मेरे भीतर। क्या आपने दीमकों का कोई चलता-फिरता घर देखा है?

मैं सपने में अक्सर उड़ती हुई चिट्ठियाँ देखता हूँ। वे जादुई ढंग से लहराते हुए हवा में खुलती हैं और कई बार अपने लिखने वालों में बदल जाती हैं। तब मुझे उनकी तरह-तरह की आँखें दिखाई पड़ती हैं। मैंने इन्हीं चिट्ठियों में दुनिया भर की आँखें देख रखी हैं। उनकी गहराई, उनके भीतर के सपने या उदासी, भरोसा या मशीनी सान्त्वना, उनकी कोरों पर अटके हुए

आँसू, सूखे हुए कीचड़...सब कुछ मैंने इतनी बार और इतनी तरह से देखा है कि अब बेजार हो गया हूँ। मेरे भीतर की आग बुझ गई है। उसकी राख मेरी ही पलकों पर गिरती रहती है।

पता नहीं उन चिट्ठियों को पढ़ने वालों के भीतर कुछ बदलता या नहीं पर उनकी आँखों का टपकता हुआ लहू कई बार मेरी आँखों में टपक जाता और कई-कई रातों के लिए नींद एक सपना बन जाती। मेरी पत्नी को लगता था कि मैं सनक रहा हूँ धीरे-धीरे। कि किसी खत में डाल कर मेरे ऊपर कोई भूत-वूत कर दिया है किसी ने। उसे कौन बताए कि कोई भूत-वूत नहीं होते कहीं। धीरे-धीरे हमीं भूत बनते जाते हैं। हर कोई हमसे, हमारी जिम्मेदारी से मुक्त हो जाना चाहता है।

जाने दीजिए मैं भी क्या बात ले बैठा। वैसे भूतों के भी बहुत सारे किस्से हैं मेरे पास पर उनकी बातें फिर कभी। आप देख सकते हैं कि मैं कितना व्यस्त हूँ। आप से बेहतर यह बात चाँदी के वे कीड़े जानते हैं जो इस उमस को तार-तार करने की कोशिश में चिट्ठियों के बीच बहुत सारे सूराख बना देते हैं कि उनके भीतर तक हवा जा सके। इससे चिट्ठियों की उमर बढ़ जाती है और उन्हें साँस लेने में कोई कठिनाई नहीं आती।

मुश्किल यह है कि लोग इस तरह से नहीं सोचते। लोग सोचते हैं कि ये खूबसूरत कीड़े चिट्ठियों और उसमें लिखी बातों को कुतर डालते हैं पर यह बात का सिर्फ एक पहलू है। दूसरा पहलू यह है चिट्ठियों से कुछ शब्द भर गायब होते हैं। इस बात से चिट्ठियों में नए-नए अर्थ पैदा होने की सम्भावना बढ़ जाती है। खाली जगहों में पढ़ने वाला अपनी समझ और भावनाओं के अनुरूप कोई और शब्द भर सकता है। इससे चिट्ठियाँ कविताओं में बदल जाती हैं।

जी हाँ, यहाँ कई साहित्यिक पत्रिकाएँ आती हैं। मुहल्ले में कई लेखक रहते हैं। पहले एक बुजुर्ग लेखक भी रहते थे। उनकी आँखों पर मोटा चश्मा चढ़ा हुआ था। इस बुढ़ापे में भी उन्हें कितना पढ़ना पड़ता है यह सोचकर मैं उनकी कई पत्रिकाएँ चुपचाप अपने पास रख लेता था। अब रखता था

तो पलट भी लेता था कभी-कभी। नतीजा यह निकला कि जल्दी ही मैं भी कविताएँ लिखने लगा।

मैं अन्तरदेशीय या पोस्टकार्ड पर सीधे कविताएँ लिखता और सम्पादकों के पास भेज देता। जब मेरी कविताओं में किसी सम्पादक ने कोई रुचि नहीं दिखाई तो मैंने सम्पादक के नाम गाली वाली एक कविता लिखी और एक बड़े सम्पादक के पास भेज दी। इसे पाठकों के पत्र वाले कॉलम में जगह मिली। इस बात से मुझे न सिर्फ इन पत्रिकाओं से बल्कि कविताओं से भी वितृष्णा हो गई। मैंने कविताएँ लिखना बन्द कर दिया और इसी के साथ कविताएँ पढ़ने से भी मेरी रुचि जाती रही।

इसके पहले मेरे पास ऐसी चिट्ठियों का एक बड़ा बंडल था जिनके पते खो गए थे। या वे मुझे इतनी रोचक लगी थीं कि मैंने ही जान-बूझ कर उनके पतों पर पानी गिर जाने दिया था। जब भी मैं अपने काम से थक जाता या बोर हो जाता तो ऐसी ही कोई चिट्ठी खोलकर पढ़ना शुरू कर देता। यह ऐसा समय होता जब मैं पूरी तरह से अपने साथ होता और उनके साथ भी जिनकी लिखी चिट्ठी मैं पढ़ रहा होता। उमस थोड़ी कम हो जाती।

ऐसी ही उमस भरी जुलाई थी जब मैं एक प्रेम पगी चिट्ठी का जवाब लिखने बैठ गया था। लिखते हुए चिट्ठी के ऊपर छत पर से पानी की या मेरे पसीने की कुछ बूँदें टपक गई थीं जिन्हें पाने वाली ने आँसू समझ लिया था शायद। यह पहले से ही चल रहा एक सिलसिला था जिसमें चोर दरवाजे से मैं भी घुस गया था। उसके जवाबी खतों में ऐसी बहुत सारी बातें थीं जहाँ साझी स्मृतियों या कि साझे सपनों की याद दिलाई जाती थी। वहाँ जवाब लिखते हुए मुझे गोलमोल बातें लिखनी पड़ती थीं। ऊलजुलूल कल्पनाएँ करनी पड़ती थीं।

उसे खत लिखते-लिखते मैं कहानीकार बन गया होता पर जाने कैसे उसे अन्दाजा लग गया कि मैं कोई और हूँ। इसके बाद उसने जो जो गालियाँ लिखकर मुझे भेजनी शुरू कीं कि मेरा दिमाग ही उड़ गया। भला सुन्दर-सुन्दर प्यार भरी बातें लिखने वाली कोई औरत ऐसी भद्दी-भद्दी गालियाँ

कैसे लिख सकती थी! जवाब में मैंने भी गालियों से भरा एक पोस्टकार्ड उसे लिखा पर उसे भेजने की बजाय फाड़कर फेंक दिया। इस तरह से उस औरत ने मेरे भीतर के कहानीकार की भी हत्या कर दी। हर कोई हत्या ही क्यों करना चाहता है मेरी?

अब तो ज्यादातर चिट्ठियाँ रजिस्टर्ड होती हैं। उनमें आपसी बात कोई वैसे भी नहीं लिखता। पहले पोस्टकार्ड तक में न जाने कितनी पर्सनल बातें लिखी होती थीं। इस चक्कर में न जाने कितने खत खोलकर पढ़ डाले पर अब वह तृप्ति महीनों नहीं मिलती जो पहले दिन में कई-कई बार मिल जाया करती थी। पति-पत्नियों के खत, माँ-बाप के खत, ससुराल में रह रही बेटियों के खत, प्रेमी-प्रेमिका के खत, बाहर पढ़ने गए लड़कों के खत और कभीकभार दोस्तों के खत।

हर खत का एक रूटीन बनता था। उनके एकदम अलग होने के बाद भी उनमें बहुत सारी बातें कॉमन होती थीं। फिर भी उनमें वह आवेग होता था कि मैं अक्सर उनमें बह जाया करता। कई बार मेरी आँखों में आँसू आ जाते। न जाने कितनी आँखों में उतरने वाले आँसू—जहाँ उन्हें उतरना था उन आँखों से पहले ही—मेरी इन आँखों में उतर आते। इस मोबाइल फोन ने सब सत्यानाश कर दिया। चिट्ठियाँ खत्म हो गईं। हम भी एक दिन खत्म हो जाएँगे।

आप बड़े आदमी हैं। सन्तोष की बात है कि आपके पास अभी भी कभी-कभी पत्र आ जाते हैं। सरकारी डाक से किताबें आ जाती हैं। उनकी तलाश में आप भी आ जाते हैं, वर्ना हमें कौन पूछता है आजकल?

उधर क्या किया मैंने कि दो साल पहले एक कोरियर कम्पनी से भी जुड़ गया था। गली-गली घूमना होता ही था तो सोचा कि चार पैसे और कमा लूँ। अभी छह महीने भी नहीं बीते थे कि न जाने किस करमजले ने शिकायत कर दी। साल भर सस्पेंड रहा। न जाने कहाँ-कहाँ से सोर्स लगाया, घूस देने के लिए दो भैंसें बेचीं, तब जाकर दोबारा बहाल हुआ।

जी अभी भी चार भैंसें हैं। बच्चों को दूध-दही मिल जाता है। दूध-दही बेचकर चार पैसे भी मिल जाते हैं। अभी दो बेटियों की शादी करनी है। दो

बेटे हैं जो ऐसे ही अपनी जवानी बर्बाद कर रहे हैं। उन्हें किसी काम से लगाना है। सो यह सब भी न करें तो खाएँ क्या और खिलाएँ क्या? एक समय वह भी था जब लोगों के पास मनीआर्डर आते थे। लोग नेग देते थे। उनसे हमारे सम्बन्ध घरेलू टाइप के हो जाते थे। एक तरह से हम उनकी परजा होते थे।

सब्जियाँ, आम, कटहल, दूध-दही, पुआल, जिसके पास जो होता था वह कई बार बिना माँगे ही मिल जाता था। अब लोगों के पास खुद के लिए ही कुछ नहीं है तो हमको क्या देंगे। आप खुद को ही देखिए। हर हफ्ते आते हैं पर कभी पूछते हैं कि हमारा घर कैसे चल रहा है? अब कोई नहीं पूछता। सबको जल्दी रहती है। लोग इतनी जल्दी में क्यों रहते हैं?

अच्छा सुनिए। आप जहाँ रहते हैं वहीं आपके पीछे शुक्ला जी रहते हैं। जज थे। अब रिटायर हो गए हैं। उनके एक बेटे कर्नल हैं दूसरे हाईकोर्ट में वकील हैं बहुत बड़े। उन्हीं के बगल में सिंह साहब का मकान है। आरटीओ में थे। बहुत पैसा बनाया। बच्चे विदेश में रहते हैं। वहीं सेटेल हो गए हैं। अब यहाँ पर मियाँ-बीवी अकेले ही रहते हैं। आपकी इन लोगों से व्यवहार बनाने में रुचि है? कुछ चिट्ठियाँ हैं इन लोगों की। आप लेते जाएँगे तो आपका भी भला होगा और हमारा भी।

आप अभी नए हैं यहाँ। पड़ोसियों से जान-पहचान बढ़ेगी। क्या पता कल को अच्छे सम्बन्ध बन जाएँ। पावर वाले लोग हैं। कभी न कभी काम ही आएँगे। आदमी ही आदमी के काम आता है। पहले मुझे लोगों से व्यवहार बनाना बहुत अच्छा लगता था। फील्ड में निकलता तो वापस लौटते हुए रात ही हो जाती पर मुश्किल यह थी कि साथ में बहुत सारी चिट्ठियाँ भी वापस लौट आतीं। मुझे बहुत गिल्टी फीलिंग आती कि उनको पढ़ने वाले लोग उनका इन्तजार कर रहे हैं और वे मेरे झोले में एक-दूसरे के साथ लिपटी पड़ी हैं।

सोचिए कि किसी की पत्नी की चिट्ठी उसके उस पड़ोसी की चिट्ठी के साथ लिपटी पड़ी है जिसकी शकल भी वह नहीं देखना चाहता पर सामने मिलने पर कहना ही पड़ता है, "नमस्कार भाई साहब! कैसे हैं। बहुत दिनों बाद दिखे। कहीं बाहर गए थे क्या? बताइए, पर भाभी जी भी कम कर्मठ

नहीं हैं। आप नहीं होते तब भी सब कुछ मैनेज कर लेती हैं। मैं तो इनसे कहता रहता हूँ कि कुछ सीखिए भाभी जी से।"

पहले मैं बहुत कल्पनाशील था। खत की लिखावट देख कर या उसकी स्याही के रंग से भीतर के मजमून का अन्दाजा लगा लेता था। पर बाद में मैं इन चीजों से बोर होता गया। जब खुद का जीवन सब तरफ से रूखा हो तो उसमें इस तरह से मिठास कब तक भरी जा सकती है। पर वह वक्त दूसरा ही था। डाकिए को लोग बहुत ही महत्त्वपूर्ण व्यक्ति मानते थे। वह कोई बाहर का व्यक्ति नहीं था। वह हर तरह से उनके जीवन में शामिल था।

उसकी खुशी या नाराजगी से लोगों की चाल और व्यवहार बदल जाता था। कई बार तो लोग हमसे डरते भी थे। समय पर चिट्ठी न पहुँचाई तो? मनीआर्डर देने में देर कर दी तो? या कोई बहाना बताकर वापस ही लौटा दिया तो? हालाँकि आप तो मुझे जानते ही हैं कि मैं किस तरह का आदमी हूँ। मैं यह सब करता नहीं था कभी पर लोगों को ऐसा सोचने से मैं कैसे रोक सकता था?

अब तो जमाना ही बदल गया। अब डाकिए की कोई कदर नहीं रही। यहाँ भी अब कोई नहीं आता-जाता। जो आते हैं वे भी जल्दी में रहते हैं। जरा सी बात पर ही उखड़ जाते हैं। उस दिन आप ही उखड़ गए थे। बताइए कि आप जैसे पढ़े लिखे आदमी को इस तरह से उखड़ना शोभा देता है क्या? अरे हमारा क्या, पर आपकी तो इज्जत है। चार लोग जानते हैं आपको। अभी भी चिट्ठी लिखते हैं। आपकी तो मैं इस बात के लिए भी बहुत इज्जत करता हूँ कि इस जमाने में भी आपके पास इतनी चिट्ठियाँ आती हैं।

भाई साहब ये लिफाफा पकड़ेंगे क्या। इस पर यादव जी का नम्बर लिखा है। उन्हें जरा फोन कर देंगे क्या कि आएँ और अपनी डाक ले जाएँ। बाँटने में देरी होगी तो बाद में मुझ पर चिल्लाएँगे। मुझ पर इस तरह से चिल्लाने से क्या होगा? मैं गरीब तो सुन ही लूँगा पर आदत तो आपकी खराब होगी ना। इस तरह की आदतें आपके लिए कितनी बड़ी मुश्किलें खड़ी कर सकती हैं कि आप अन्दाजा भी नहीं लगा सकते। ये अलग बात

है कि अपनी आदत के बारे में आप जानें पर मुझ गरीब पर चिल्लाने में भी कोई न्याय की बात नहीं है।

सोचिए कि इस इलाके में जब मुश्किल से चार सौ घर थे तब भी मैं अकेला ही चिट्ठियाँ बाँटता था। आज तो आप देख ही रहे हैं। चार सौ घर कब सोलह सौ में बदले और कब सोलह हजार में, खुद मैं भी नहीं जान पाया। अब अकेले मैं कितना भी चाहूँ, सब जगह तो नहीं ही पहुँच सकता। ये तो तब है जब चिट्ठियाँ आनी कम हो गई हैं। नहीं तो मैंने तो वह समय भी देखा है कि रोज आनेवाली ताजी चिट्ठियों से ही डाकघर गुलजार रहता था। पर बात यह भी है कि मैं हमेशा पहले के समय से तुलना करता रहता हूँ बाकी चिट्ठियाँ अभी भी कुछ कम नहीं आती हैं।

खुद आपकी ही कितनी चिट्ठियाँ आती हैं। आप जैसे कुछ लोगों को छोड़ भी दें तो सरकारी या औपचारिक टाइप के लिफाफे तो अभी भी जीना हराम किए रहते हैं। पर अब रस नहीं है चिट्ठियों में। पहले बड़ा रस रहता था उनमें। ऐसे-ऐसे पोस्टकार्ड मेरे इन्हीं हाथों से होकर गुजरे हैं जिन्हें फ्रेम में मढ़ाकर रखने को जी करता था। लोग अपने आपको बिना किसी हिचक के खोल देते थे। अब तो फरेब ज्यादा है। आदमी कहता कुछ है, सोचता कुछ है और लिखता कुछ है।

आप तो लेखक हैं। खुद से ही पूछिए कभी। जो लिखते हैं उसमें आप खुद कितना भरोसा करते हैं?

उसी के पास जाओ जिसके कुत्ते हैं

मुझे पता भी नहीं चला कि कब ये कुत्ते मेरे पीछे लग गए। जब पता चला तो मैं पसीने-पसीने हो गया। मैंने कहीं पढ़ा था कि अगर कुत्ते पीछे पड़ ही जाएँ तो एकदम से भागना खतरनाक होता है। आप कुत्तों से तेज कभी नहीं दौड़ पाएँगे। कुत्ते आपको नोच डालेंगे।

मैं रुक गया। थोड़ी-सी दूरी बनाकर कुत्ते भी रुक गए। वे खतरनाक तरीके से मुझ पर गुर्रा रहे थे। उनकी आँखों में खून दिख रहा था। उनकी गुर्राहट से मेरी समूची चेतना में एक भयावह कँपकँपी उतर रही थी। मैं उन्हें अपनी तरफ देखते और गुर्राते हुए देख रहा था और रह-रह कर काँप रहा था। उनकी लम्बी-लम्बी लटकती हुई जीभों से लार टपक रही थी।

इस तरह से देर तक रुके रहना भी खतरनाक हो सकता था। मैंने धीरे-धीरे पीछे सरकना शुरू किया। कुत्ते भी गुर्राते हुए मेरी तरफ बढ़े। तभी मैंने देखा कि वे भेड़ियों की तरह मुझे चारों तरफ से घेरने की कोशिश कर रहे हैं। मेरे रोएँ-रोएँ में सिहरन दौड़ गई। पल भर के लिए मैं जड़ हो गया। मेरी जड़ता तब टूटी जब एक कुत्ते ने मेरी पिंडलियों में अपने दाँत गड़ा दिए। मैं चीखते हुए भागा।

कुत्तों का वह समूचा झुंड मेरे पीछे लग गया। मैं अपने जीवन में इतनी तेज कभी नहीं भागा था। इसके बावजूद कुत्ते नजदीक ही आते जा रहे थे। पीछे मुड़कर बार-बार कुत्तों को देखने की वजह से मैं कई बार गिरते-गिरते बचा। कुत्ते इतने नजदीक थे कि अगर मैं एक बार भी गिर जाता तो मुझे उनकी खुराक बनने से कोई नहीं रोक सकता था। मैंने भागते हुए तय किया कि अब पीछे मुड़कर नहीं देखूँगा।

मेरे सीने में हथौड़े चल रहे थे। मैं बहुत देर तक भाग नहीं सकता था। किसी भी पल मेरा दम उखड़ने वाला था और इसी के साथ कुत्ते मुझे नोच खाते। भागते हुए मैंने खुद को कुत्तों द्वारा नोचे जाते हुए देखा। नोचे जाते हुए मेरा चेहरा सपाट था। जैसे किसी भी तरह का एहसास ही समाप्त हो गया हो। यह सोचना ही असहनीय था और इसी के साथ मैं जमीन पर उभरी किसी चीज में फँसकर लड़खड़ाया।

मैंने हवा में उड़ते हुए नीचे देखा कि वह किसी पेड़ की जड़ थी। जड़ है तो पेड़ भी होगा। मैंने पेड़ की एक डाल जैसे जादू के जोर से पकड़ ली। इसके पहले कि मैं खुद को पूरी तरह से डाल के ऊपर ले पाता, मेरे नीचे लटकते हुए पैर को एक कुत्ते ने अपने जबड़े में भर लिया। मेरे दोनों हाथ और दूसरा पैर डाल के साथ संतुलन बनाने की कोशिश में थे। पेड़ ही दोबारा काम में आया। उसने अपनी एक सूखी टहनी मेरे हाथों में थमा दी।

मैंने एक हाथ और एक पैर के सहारे पेड़ पर लटके हुए दूसरे हाथ से कुत्ते पर जैसे अपनी पूरी ताकत निचोड़ते हुए हाथ चलाया। टहनी कुत्ते के सिर में लगी और वह वहीं पर ढेर हो गया। मैंने जल्दी से खुद को डाल के ऊपर खींच लिया। तब तक पेड़ के नीचे कुत्ते ही कुत्ते जमा हो चुके थे। मेरे पैरों से खून टपक रहा था। जिसे वे गुर्राते हुए हवा में ही लपक ले रहे थे।

मैंने पेड़ पर नजर दौड़ाई। मुझे कोई ऐसी जगह चाहिए थी जहाँ मैं थोड़ी देर तक बैठ सकता। मैं बेतरह हाँफ रहा था। मुझे थोड़ा वक्त चाहिए

था कि मैं अपनी साँसें सम पर ला सकूँ। मेरी आँखों ने वह जगह खोज ली और पेड़ की डाल को मजबूती से पकड़े हुए मैं उस तरफ बढ़ा। इसी के साथ गुर्राते हुए कुत्ते भी उसी तरफ बढ़े जो मेरे टपकते हुए खून के लिए एक-दूसरे पर गुर्रा रहे थे।

इसके पहले कि मैं दो-चार लम्बी साँसें खींच पाता मैंने देखा कि कुत्ते भालू की तरह पेड़ पर चढ़ने की कोशिश कर रहे हैं। पल भर के लिए मेरा खून जम-सा गया पर जल्दी ही मैंने पाया कि पेड़ पर पहले से ही होने की वजह से मैं उनका पिछवाड़ा लाल कर.सकता हूँ। मैंने एक मोटी सी टहनी खोजी और कई कुत्तों का पिछवाड़ा लाल कर दिया। वे पिंपियाते हुए नीचे गिर गए।

मुझे लगा कि मैंने उनसे पार पा लिया पर यह मेरा भ्रम ही था। पेड़ के नीचे कुत्ते ही कुत्ते थे। वे एक-दूसरे पर चढ़ते हुए चारों तरफ से पेड़ पर चढ़ने की कोशिश में थे। मैं उन्हें मारते-मारते थक जाता तब भी वे कम होने का नाम न लेते। मुझे किसी भी तरह से यहाँ से निकलना था। इसके अलावा मेरे बचने का कोई दूसरा उपाय नहीं था।

मैंने पेड़ पर सब तरफ निगाह दौड़ाई। बगल से होकर एक नदी बह रही थी। घबराहट के मारे मेरी उस तरफ निगाह ही नहीं गई थी। नदी में बहुत सारे लोग सैर-सपाटे पर थे। एक मोटरबोट भी दिखी जिस पर पुलिस वाले सवार थे। अगर मैं किसी भी तरह से नदी में पहुँच पाता तो इन कुत्तों से बच सकता था। पेड़ की एक शाखा नदी के पानी को छू-सी रही थी। बस मुझे उस पर से होते हुए जाना था और नदी में कूद जाना था।

यह मेरे सोचे जितना आसान नहीं साबित हुआ। नदी के राहत भरे दृश्य देखते हुए मैं थोड़ा असावधान हो गया था, जिसका फायदा उठाकर दूसरी तरफ से कई कुत्ते पेड़ पर चढ़ आए थे। अब मेरे पास जरा भी समय नहीं था। कुत्ते पेड़ पर मुझे दोबारा चारों तरफ से घेरने की कोशिश में थे। मैं नदी की तरफ जाने वाली शाखा की तरफ लपका और लगभग दौड़ते हुए नदी में कूद गया।

कुत्तों को अन्दाजा नहीं था कि मैं यह करने वाला हूँ। मेरे दौड़ते ही वे मेरे पीछे लपके। मेरी किस्मत अच्छी थी कि मैं उनकी पहुँच से दूर रहा और नदी में कूद गया। यह भी किस्मत की बात थी कि जहाँ कूदा वहाँ पर नदी में पर्याप्त पानी था। कुत्ते ऊपर से भौंक रहे थे, नीचे से गुर्रा रहे थे पर अब मुझे उनका डर नहीं था। नदी में पुलिस थी। मैं पुलिस की मोटरबोट की तरफ लपका।

पुलिस ने मेरी बात धैर्य से सुनी पर उनकी तरफ से मुझे टका-सा जवाब मिला। मुझसे कहा गया कि यह सबसे बड़े वाले हाकिम का वीवीआईपी घाट है। वे उनकी सुरक्षा के लिए यहाँ पर तैनात हैं इसलिए चाहकर भी कुछ नहीं कर सकते। पुलिस ने कहा कि मुझे अपने आप को कुत्तों के हवाले करना होगा जिससे कि सबसे बड़े वाले हाकिम की सुरक्षा पर कोई आँच न आए। मैं यह काम नहीं करूँगा तो पुलिसवाले खुद मुझे कुत्तों के हवाले करने पर मजबूर हो जाएँगे।

शुरू में मैंने इसे मजाक समझा। मैंने कहा कि मैं इस समय मजाक सहने या समझने की हालत में नहीं हूँ। मेरी साँस फूल रही है। कुत्तों ने मेरा पैर नोच खाया है। कृपया मुझे सुरक्षा दें और मेरे उपचार की व्यवस्था करें। पुलिसवालों ने कहा कि यह सब करना फिलहाल उनके लिए सम्भव नहीं है। ज्यादा से ज्यादा वे मेरे लिए यह कर सकते हैं कि मुझे नदी पार करने की अनुमति दे दें। उसके आगे मेरी किस्मत।

अब तक मुझे समझ में आ गया था कि यह मजाक नहीं था। मैं भय से जड़ हो गया। मैंने इतनी चौड़ी नदी इसके पहले कभी पार नहीं की थी पर अभी मेरे पास बचने का कोई दूसरा उपाय नहीं था। मैंने तैरना शुरू कर दिया। पीछे से एक दयालु पुलिसवाले ने कहा कि कब तक भागोगे बेटा। बचना है तो उसी की शरण में जाओ जिसके यह कुत्ते हैं। उसके अलावा कोई भी तुम्हें नहीं बचा सकता।

पुलिसवाला और भी कुछ कह रहा था पर उससे पूरी तरह से नाउम्मीद मैं आगे बढ़ने लगा। ठीक इसी समय मेरे मन में एक खयाल

आया जिसके आते ही मैंने खुद को कोसा कि यह बात पहले मेरे मन में क्यों नहीं आई। मुझे लगा कि यह सबसे बड़े वाले हाकिम का घाट है। तो जाहिर कि यहाँ जो हैं वे उनके बहुत ही करीबी लोग होंगे। उनमें से कोई मेरी मदद के लिए तैयार हो जाए तो पुलिसवालों को उसकी बात सुननी ही पड़ेगी। मन में यह बात आते ही मैं उन लोगों की नावों की तरफ बढ़ा।

मैं उनसे कुछ कह पाता इसके पहले पुलिसवाले ही हरकत में आ गए। एक बेवकूफ ने मुझे गिरफ्तारी की धमकी दी। मैंने कहा कि प्लीज सर, मुझे गिरफ्तार कर लीजिए। जवाब में उसने कहा कि वह मुझे गिरफ्तार करके कुत्तों के झुंड के बीच फेंक देगा। यह धमकी कारगर होती इसके पहले ही सबसे बड़े वाले हाकिम ने पुलिसवालों से पूछा कि यह क्या तमाशा है? मैं तो सबसे बड़े वाले हाकिम को देखकर ही खुश और निश्चिन्त हो गया था। मैं कुछ कह पाता इसके पहले एक पुलिसवाले ने मेरा मुँह दाब लिया। दूसरे पुलिसवाले ने विनम्रता से आगे बढ़कर उसे कुछ बताया।

बदले में सबसे बड़ा वाला हाकिम खुश हुआ। उसने कहा कि इस आदमी को पकड़ो और इसकी कुत्तों से कुश्ती कराओ। मैंने कभी कुत्ते और आदमी के बीच सचमुच की कुश्ती नहीं देखी। अगर यह कुश्ती जीत गया तो इसे मैं अपने घर के गेट पर नौकरी दूँगा। यह कहकर उसने गर्व से मेरी तरफ देखा और बोला, अब तो खुश हो ना। बहादुरी दिखाओ, कुत्तों को हराओ और कुत्ते की जगह नौकरी पाओ। पुलिस वाले उस आदमी की हर बात पर गम्भीरता से हँस रहे थे कि यह बात आप जैसा कोई दरियादिल ही कर सकता है सर।

मैं सरपट भागा। मैंने जिन लोगों को इनसान समझ लिया था वे इनसान तो नहीं थे और जो भी थे कुत्तों से तो ज्यादा ही खतरनाक थे। मुझे अपने पीछे देर तक उनकी डरावनी हँसी सुनाई देती रही। जब मैं किसी तरह डूबते-उतराते नदी पार करने के करीब था तो मुझे स्टीमर की आवाज सुनाई पड़ी। मैंने पीछे मुड़कर देखा तो वही सबसे बड़ा वाला हाकिम कुत्तों के झुंड के साथ

स्टीमर पर सवार था। मैंने उसे उसके कपड़ों से पहचाना। नहीं तो उसकी शक्ल अब इनसानों जैसी कतई नहीं दिखाई दे रही थी।

मैंने जितना तेज तैर सकता था, उसकी दोगुना तेजी से तैरा और आखिरकार मैं नदी के बाहर था। कुत्ते अभी दूर थे। मैं इस तरह से हाँफ रहा था जैसे फेफड़े ही बाहर आ जाने वाले हों। लेकिन मेरे पास सुस्ताने के लिए भी समय नहीं था। मैं तेजी से आगे की तरफ भागा। कुत्तों के गुर्राने और भौंकने की आवाज लगातार नजदीक आती लग रही थी। मैं इतना डरा हुआ था कि पीछे मुड़कर देखने की भी हिम्मत नहीं कर पा रहा था।

आगे एक बनती-बिगड़ती इमारत थी, जिसमें कोर्ट का बोर्ड लगा था। मैं भरी अदालत में पहुँच गया। मैंने कहा कि साहब मेरे पीछे बहुत सारे कुत्ते पड़े हुए हैं। वे मुझे फाड़ खाएँगे। कृपया मेरी मदद करें। जज मुझ पर नाराज हो गया। उसने कहा कि साहब तो लोग बस के कंडक्टर को भी कह देते हैं। तुमने इस आनरेबल कोर्ट की अवमानना की है। तुम पर मुकदमा चलेगा। यहाँ जज को माई लार्ड कहा जाता है। मैंने तुरन्त अपनी गलती सुधारते हुए कहा कि माई लार्ड कृपया मुझे तुरन्त गिरफ्तार करवा लें।

बस यहीं पर मुझसे गलती हो गई। माई लार्ड कहते ही जज खुश हो गया। उसने कहा कि अब तुम्हारी गलती माफ की जाती है। अब तुम्हें गिरफ्तार कर के केस नहीं चलाया जाएगा। पर यह अदालत ऐसी किसी बात पर कोई कार्यवाही कैसे कर सकती है जिसमें एक पक्ष जानवर हो। क्या पता कल को तुम भी जानवर ही साबित हो जाओ। ऐसे में तो कोर्ट हँसी का पात्र बन जाएगी। है कि नहीं? और अगर तुम्हें कोई शिकायत करनी ही है तो पहले कुत्तों के मालिक का पता करो। इसके बाद थ्रू प्रापर चैनल आओ। अभी यहाँ से जाओ और कोर्ट का कीमती वक्त जाया मत करो।

कोर्ट से बाहर फेंके जाने के बाद फिर मैं सड़क पर था। मेरे चारों तरफ कुत्तों के गुर्राने की आवाजें थी। अब कहाँ जाऊँ? गुर्राहट सब तरफ से नजदीक आती जा रही थी। वे किसी भी क्षण मुझे दबोच सकते थे। अब मुझमें भाग पाने की ताकत नहीं बची थी। मुझे कहीं कोई छुपने की जगह

चाहिए थी। सुस्ताने के लिए और नए सिरे से ताकत इकट्ठा करने के लिए थोड़ा सा वक्त चाहिए था। मैंने तेजी से चारों तरफ नजर दौड़ाई और एक जगह पर मेरी नजरें रुक गईं।

यह एक नया-नया बना शौचालय था जो बाहर से छोटा-मोटा ताजमहल लग रहा था। मैं तेजी से गया और जाकर शौचालय में घुस गया। जैसे ही मैंने अन्दर से किवाड़ बन्द करना चाहा। मैंने पाया कि किवाड़ में भीतर से सिटकिनी नहीं लगी है। इसके पहले कि मैं बाहर निकल पाता कुत्तों ने शौचालय को चारों तरफ से घेर लिया। उनके जोर-जोर से सूँघने और साँस लेने और गुर्राने की डरावनी आवाजों ने मुझे चारों तरफ से घेर लिया था। छिपने की कोशिश में मैं सब तरफ से घिर गया था।

मैं देर तक भीतर से किवाड़ को दबाए चुपचाप खड़ा रहा। मेरा एक-एक रोयाँ जैसे कान बन गया था। इन सारे ही कानों में कुत्तों के गुर्राने और भौंकने की आवाजें थीं। मेरी साँसें जैसे रुक-सी गई थी। शरीर में खून का बहना रुक गया था। बस कुत्तों के होने शोर था। वही शोर मेरी नसों में खून की जगह पर बह रहा था।

शौचालय के किवाड़ पर कुत्ते लगातार धक्का मार रहे थे। पंजों से सब तरफ की मिट्टी खोदी जा रही थी। मैं बस किवाड़ पर अपना सारा जोर लगाए उसी से चिपका हुआ खड़ा था। तभी मैंने पाया कि मेरा चूतड़ किसी कुत्ते के जबड़े में है। मैंने अपनी हिरन हुई आँखों से पीछे देखा तो पाया कि पीछे कुत्ते की गर्दन आने भर का सुराख बन गया है और उसी से होकर एक कुत्ता मुझे नोच रहा है।

वैसे ही बहुत सारे सुराख बन गए। मैं कुछ समझ पाता उसके पहले बहुत सारे कुत्तों के लार टपकाते जबड़े भीतर थे। पल भर में मेरे शरीर को सब तरफ से न जाने कितने जबड़े अपनी-अपनी तरफ नोच रहे थे। मैंने किवाड़ खोलने की कोशिश की तो पाया कि अब यह बाहर से बन्द था। मैंने किवाड़ पर अपना सारा जोर लगा दिया पर वह अपनी जगह पर बना रहा।

मैं एक तरफ से बचने की कोशिश में दूसरी तरफ से ज्यादा नोचा जा रहा था फिर भी बार-बार मैं यही कर रहा था। भय, आतंक और दर्द के मारे मैं लगातार चीख रहा था पर कुत्तों की खुश गुर्राहटों के बाहर मेरी चीख का शायद कोई अस्तित्व नहीं था। तभी जैसे सिर के ऊपर से कुछ खिसकने की आवाज आई। शौचालय की छत अपनी जगह से खिसक रही थी। शायद मेरी चीख बाहर तक पहुँच गई थी। अब शायद मैं बचा लिया जाऊँ।

ऊपर से वही सबसे बड़ा वाला हाकिम आदमी झाँक रहा था जो कुत्तों के साथ मेरी कुश्ती करवाना चाहता था। उसने कहा कि तुम जितना चीखोगे मेरे कुत्तों को उतना ही मजा आएगा। मैं उससे दोबारा कहने जा रहा था कि मुझे बचा लो पर उसके चेहरे पर की चमक देखकर मैं समझ गया कि इससे कुछ भी कहना व्यर्थ है। सभी कुत्तों की हिंसा से ज्यादा हिंसा उसकी उन चमकती हुई आँखों में भरी हुई थी।

उसने कहा कि यह तो सबको पता है कि मेरे कुत्ते पागल हैं। तुम उनके सामने आए ही क्यों? क्या तुमको पता है कि उनको किसी आदमी का मांस खिलाना अपराध है और तुम इनको अपना ही मांस खिलाए जा रहे हो! क्या तुम्हारे मन में हमारे पवित्र कानूनों के लिए जरा भी जगह नहीं है? तुम्हारे जैसे लोगों की वजह से मेरे कुत्तों की बदनामी होती है। और तुम तो लगातार गलती पर गलती किए जा रहे है। तुम्हारे मन में इस व्यवस्था के प्रति जरा भी इज्जत है या नहीं?

मैं जानता हूँ कि मेरे कुत्ते आदमखोर हैं। मैंने उन्हें इसी तरह से ट्रेनिंग दी है। क्योंकि इसी में तुम्हारा हित है। माना कि ये थोड़े ज्यादा ही खूँख्वार हो गए हैं पर यह भी तो सोचो की ये न हों तो दुश्मन कुत्तों से तुम्हारी रक्षा कौन करे। अपनी आन-बान-शान बची रहे इसके लिए जरूरी है कि ये कुत्ते खूँख्वार बने रहें। इसी में तुम्हारा भी हित है और इसी में हमारे मुल्क की भी बड़ाई है।

जब उसने मुल्क कहा तो उसके जबड़े से ठीक वैसी ही गुर्राहट भरी आवाज आई जो मेरा शरीर नोच रहे कुत्तों के जबड़ों से आ रही थी। इस

आवाज से खून रिस रहा था। मुझे पता था कि मेरा खेल अब खत्म था। मैं उतना ही हिल पा रहा था जितना कुत्तों की खींचतान से हिल सकता था। खुशी की बात एक ही थी कि मेरा चेहरा अभी भी कुत्तों की पहुँच से दूर था। मैंने उसी का सहारा लिया।

मैंने अपने भीतर के सारे डर, आतंक, दर्द और घृणा को अपने मुँह में इकट्ठा किया और बचे हुए सारे दम के साथ सबसे बड़े वाले हाकिम के मुँह पर थूक दिया।

प्रतिरूप

कक्का तेरा वारिस कैसा हो?

कक्का जी नहीं रहे। इलाके में इस बात की गहरी चर्चा है कि उनके बाद कौन? बेटा मुंगेरी या कक्का जी का दाहिना हाथ मनोहर? दोनों लगभग एक ही उमर के हैं। उनकी शुरुआती दिनों की गहरी दोस्ती कक्का जी की ताकत मानी जाती थी। बाहर की दुनिया में दोनों अब भी दोस्त ही माने जाते थे पर आज अपने को कक्का जी का वारिस साबित करने का समय था और दोनों ही अपने-अपने तरीके से इस काम में लगे हुए थे।

दोनों के चेहरे पर अपार दुख दिख रहा था। दोनों के साथ जयकारे बोलने के लिए उनके समर्थकों का हुजूम था। ये दुख की घड़ी थी पर दुखी होने का वक्त नहीं था। जो इस घड़ी बाजी मार ले जाएगा वह टिकट मिलने की लड़ाई में शुरुआती बढ़त ले लेगा।

कक्का जी इलाके के लोकप्रिय विधायक थे। नवाबगंज विधानसभा सीट से लगातार सात बार चुनाव जीतने का रिकार्ड है उनका। इस बीच वे करीब 29 साल लगातार विधायक रहे, जिसमें करीब सत्रह साल तक वे मंत्री भी रहे। इस शानदार उपलब्धि के लिए उन्हें कई बार दल बदलना

पड़ा। कई बार इस्तीफा देना पड़ा। उनके इस्तीफा देने या दल बदलने भर से लोग जान जाते कि अबकी बार किसकी सरकार बनने वाली है। पार्टियों की रणनीति बदल जाती।

इस मामले में वे बड़ी इज्जत के साथ देखे जाते थे। लेकिन बार-बार पार्टियाँ बदलने का नुकसान यह रहा कि लगातार चुनाव जीतने के बाद भी वे कभी विश्वसनीय नहीं माने गए। जो पार्टियाँ उन्हें अपने में शामिल करतीं वे भी उनके प्रति सशंकित ही रहतीं। नतीजा यह रहा कि किसी भी दल ने कभी बड़ा दाँव उन पर नहीं खेला। वे विधायकी भले सात बार जीते पर सांसदी का टिकट तक न पा सके।

उन्हीं कक्का जी का शव जनता के दर्शन के लिए बाहर रखा गया तो धूप-दीप और अगरबत्तियों की गंध के बीच कक्का जी अमर रहें के नारों से पूरा मोहल्ला गूँज उठा। और तब मनोहर और मुंगेरी के बीच रोने की प्रतियोगिता शुरू हुई जो लम्बे समय तक चलती रही।

लोगों ने दुख और रुलाई के बीच उस तनाव को देख और जान लिया था जिसकी आशंका उन्हें पहले से ही थी। जो लोग कक्का जी के अन्तिम दर्शन के लिए आ रहे थे वे भी इस तनातनी के शिकार हो रहे थे। क्षेत्र के प्रमुख लोगों को दोनों ही अपनी-अपनी तरफ खींच रहे थे।

दोनों ही बार-बार कक्का जी के आखिरी दिनों की बात कर रहे थे और ये बातें भी बार-बार हो रही थीं कि कैसे उन दोनों ने कक्का जी की खिदमत में खुद के जीवन को भी दाँव पर लगा दिया था। दोनों के समर्थक भी इस तनाव से तने हुए थे और रोते-हँसते मुंगेरी और मनोहर का रोना देख रहे थे।

अगले दिन कक्का जी की शवयात्रा निकली तो जहाँ एक तरफ 'कक्का जी अमर रहें' के नारे लग रहे थे वहीं दूसरी तरफ 'कक्का तेरा वारिस कैसा हो?' की भी पुकार उठ रही थी। इसके जवाब में एक धड़ा मुंगेरी का नाम ले रहा था तो दूसरा धड़ा मनोहर का।

जब कक्का जी की चिता को आग देने की बात आई तो मनोहर ने कहा कि कक्का जी ने उनसे कई बार कहा था कि भले ही तुम मेरे बेटे नहीं

हो पर मैं तुम्हारे जैसा बेटा ही चाहता था। मेरी इच्छा है कि जब मैं मरूँ तो मेरी चिता को आग तुम ही देना। इसलिए मुंगेरी को चाहिए कि वे कक्का जी की इच्छा का सम्मान करते हुए मुझे चिता को आग देने दें।

कई लोग मनोहर के समर्थन में भी आए कि हाँ उन्होंने कक्का जी को ऐसा कहते सुना था पर ये ऐसा मामला था कि यहाँ जीत मुंगेरी की ही होनी थी। आखिरकार मारपीट शुरू हुई और मनोहर को अपने समर्थकों के साथ पिटते हुए भागना पड़ा। जब मुंगेरी कक्का जी की चिता को आग दे रहे थे तो दुख के घनघोर अभिनय के बाद भी उनके चेहरे पर एक हल्की सी मुस्कान थी।

उन्हें इस बात की गहरी खुशी थी कि मनोहर की जल्दबाजी ने उनका काम आसान कर दिया था और वारिस होने की लड़ाई का पहला चक्र उन्होंने जीत लिया था। दूसरी तरफ मनोहर इस जल्दबाजी के लिए खुद को कोस रहे थे। मनोहर को पता चल गया था कि वे भारी गलती कर बैठे हैं और अगर इस गलती को तुरन्त सुधारा नहीं गया तो आगे मुश्किल होगी।

अपनी गलती को सुधारने के लिए मनोहर बीच सड़क धरने पर बैठ गए। उन्होंने माँग रखी कि नवाबगंज की जनता के दिलों पर राज करने वाले कक्का जी के घर को उनके स्मारक में बदल दिया जाय और नवाबगंज के सबसे बड़े चौराहे पर कक्का जी की मूर्ति लगाई जाए। वे कक्का जी की मूर्ति के बनने से लगने तक का सारा खर्च खुद ही उठाने के लिए तैयार हैं।

मुंगेरी को इस बात का पता चला तो वे चौंक गए कि मनोहर उनके घर को संग्रहालय बनाने की माँग कर रहे हैं। ऊपर से कक्का जी की मूर्ति का शिगूफा! अगर यह मूर्ति लग गई तो इसका पूरा श्रेय मनोहर को मिलेगा। उन्होंने अपने आप को कोसा कि यह बात उनके दिमाग में पहले क्यों नहीं आई। कक्का जी की मूर्ति लगाने की माँग का तो विरोध भी नहीं कर सकते।

मुंगेरी ने तय किया कि अभी तो मनोहर के साथ खड़े दिखना होगा। इसलिए उन्होंने वहीं पर अपने समर्थकों को मनोहर भाई के साथ खराब बर्ताव के लिए डाँट लगाई और कहा कि जब खुद कक्का जी ने हम दोनों

में भेद नहीं किया तो तुम लोग ये करने वाले कौन होते हो। इसके बावजूद जब मुंगेरी धरने पर बैठे मनोहर का समर्थन करने के लिए पहुँचे तो उन्हें मनोहर के समर्थकों ने उसी तरह से खदेड़ लिया जैसे श्मशान से मनोहर को खदेड़ा गया था।

मुंगेरी ने बयान दिया कि मनोहर भाई के समर्थकों को कोई गलतफहमी हो गई है। मैं तो वहाँ उनके समर्थन में ही गया था। मैं कक्का जी की मूर्ति लगाने की उनकी माँग का समर्थन करता हूँ और यह भी वादा करता हूँ कि कक्का जी के घर निचले हिस्से में उनकी यादों को हमेशा सँजोकर रखा जाएगा और मैं उसी तरह से जनता की सेवा के लिए तत्पर रहूँगा जैसे जीवन भर कक्का जी रहे।

अगले दिन नगरपालिका ने मनोहर की माँग मान ली। शर्त बस यह थी कि उसमें आया सारा खर्च खुद मनोहर को वहन करना होगा। मनोहर ने कहा कि उनकी भी यही इच्छा है कि अपने पिता समान गुरु की सेवा में कुछ करने का मौका मिले।

उन्होंने कहा, "मैंने पहले ही अपने गुरु और आराध्य कक्का जी की मूर्ति बनवा रखी है। जनता की भावनाओं को ध्यान में रखते हुए मैं खुद को हृदय से प्यारी वह मूर्ति जनता को समर्पित करता हूँ। कक्का जी तो मेरे दिल में हैं और वे हमेशा वहाँ के विधायक बने रहेंगे।" इस बात पर मनोहर के समर्थकों ने मनोहर भैया जिन्दाबाद और 'कक्का जी का वारिस कैसा हो? मनोहर भैया जैसा हो' के गगनभेदी नारे भी लगाए।

इन नारों की आवाज मुंगेरी तक भी पहुँची। मुंगेरी अपने समर्थकों के साथ नगरपालिका कार्यालय पहुँचे और माँग की कि अपने पिता की मूर्ति बनवाने का जिम्मा उन्हें दिया जाय। इस काम के लिए उन्हें मनोहर पर भरोसा नहीं है।

जवाब में नगरपालिका अध्यक्ष ने कहा, "मुंगेरी भैया, कक्का जी की मूर्ति इसलिए नहीं लग रही है कि वे आपके पूज्य पिता हैं बल्कि इसलिए लग रही है क्योंकि वे नवाबगंज के लोकप्रिय विधायक थे। असली काम है

उनकी मूर्ति का लगना। अब उसे आप बनवाओ या मनोहर क्या फर्क पड़ता है इस बात से!"

मुंगेरी ने कहा, "क्या फर्क पड़ता है यह आप भी जानते हैं और मैं भी। ये अलग बात है कि उसे न आप कहेंगे न मैं।"

एक पैग दोस्ती के नाम

रात में मनोहर शराब और सोडा लेकर मुंगेरी से मिलने आए। मुंगेरी ने दरवाजे पर ही तड़क-भड़क कर उन्हें चलता कर देने की कोशिश की तो मनोहर ने कहा कि "मुंगेरी भाई क्या कर रहे हैं आप? राजनीति अपनी जगह है, हमारी दोस्ती अपनी जगह है। कायदे से हम दोनों अपने-अपने हक की लड़ाई लड़ रहे हैं। इस लड़ाई में हमारी बीसों साल पुरानी दोस्ती ही दाँव पर लग जाय, ये तो गलत बात है। सार्वजनिक रूप से एक-दूसरे के खिलाफ हम चाहे जो भी कहें या करें पर यूँ ही कभी-कभी बैठकर मन की बात तो कर ही सकते हैं। ये तो धर्मयुद्ध है। दिन भर लड़ेंगे और पूरी ताकत से लड़ेंगे पर कहोगे तो रात में मरहम-पट्टी भी करने आ जाएँगे। हम पहले सहयोगी थे एक-दूसरे के, क्या पता कल फिर हों, इसलिए इस लड़ाई में मैं जीतता हूँ तो तुम्हारा खयाल रखूँगा। तुम जीतना तो मेरा खयाल रखना।"

मनोहर की ये बातें मुंगेरी की समझ में आ गईं। इसलिए उन्होंने नौकर को चखने का इन्तजाम करने के लिए कहा। दोनों दोस्त बहुत दिनों बाद साथ बैठे थे इसलिए दौर लम्बा चला। इस बीच न जाने कितनी नई-पुरानी बातें और यादें ताजा हुईं। पुरानी बातें याद करते हुए न जाने कितनी बार दोनों ठठाकर हँसे। इसके बाद कक्का जी की याद में दोनों बारी-बारी से रोए। फिर गले मिलकर एक साथ रोए और एक-दूसरे को दिलासा देते रहे।

जब चलने की बारी आई तो मनोहर ने कहा, "मुंगेरी भाई मुझे पता है कि तुम सब तरफ घूम-घूम कर मेरा पत्ता काटने की कोशिश कर रहे हो। मैं तुम्हारे सामने से ऐसे ही हट जाता, पर सोचो कि जब मसें भी नहीं

भीगी थीं तब से परछाईं की तरह कक्का के साथ हूँ। तुमको तो वैसे भी उनके नाम पर कुछ न कुछ मिल ही जाएगा। मुझे इस चुनाव में कुछ नहीं मिला तो आगे भी कभी कुछ नहीं मिलेगा। इसलिए टिकट तो मैं लेकर रहूँगा। मैं कल ही तुम्हारी आत्मा की शुद्धि के लिए अनशन पर बैठने वाला हूँ। सार्वजनिक रूप से मेरी माँग यह होगी कि कक्का जी के घर को उनके स्मारक में बदल दिया जाया। तुम टकराव का रास्ता छोड़कर मेरे साथ आ जाओ, ऐश करोगे।"

इस पर मुंगेरी ने कहा, "तुम्हारे बाप का राज है क्या?"

मनोहर बोले, "राज तो तुम्हारे ही बाप यानी कक्का जी का था। उन्होंने जीते जी तुम्हें स्थापित कर दिया होता तो तुम्हें कुछ करने की जरूरत ही न पड़ती। पर अब तो मैंने भी कक्का जी को अपना बाप बना लिया है तो देखना कि उनके दम पर क्या करता हूँ मैं।"

जवाब में मुंगेरी ने कहा, "तुम्हें जो करना हो कर लो। कक्का जी का राजनीतिक वारिस तो मैं ही हूँ और एक दिन मैं ये बात साबित करके रहूँगा।"

मनोहर ने जाते-जाते कहा, "कभी ये हो ही जाय तो मुझे भूल मत जाना और हाँ कल कक्का जी की प्रतिमा का उद्घाटन है। तुम्हें बुला नहीं रहा हूँ इस बात का बुरा मत मानना।"

अगले दिन मूर्ति के विमोचन के अवसर पर मनोहर ने पार्टी के प्रदेश अध्यक्ष को बुलाया है। पूरा नवाबगंज इस आयोजन की हलचल से भरा हुआ है। मुंगेरी से रहा नहीं गया तो वे इस आयोजन में माला लेकर बिना बुलाए ही पहुँच गए।

मुंगेरी मूर्ति को माला पहनाने चले तो मनोहर कहा, "आज नहीं मुंगेरी भाई। आज वंशवाद के खिलाफ कठोर संदेश देने का दिन है। आज तो वही माला पहनाएगा जो कक्काजी के दिखाए हुए रास्ते पर चलेगा।"

फिर से कोई बहस शुरू होती इसके पहले प्रदेश अध्यक्ष ने कहा, "तुम लोग ये तू-तू मैं-मैं खत्म करो। इससे पार्टी की प्रतिष्ठा धूमिल हो रही है। मुंगेरी, चलो गुस्सा थूक दो और तुम भी माला पहना लो।"

मुंगेरी जब माला पहनाने गए तो उन्होंने पाया कि कक्का जी की मूर्ति का चेहरा हूबहू मनोहर के चेहरे से मेल खा रहा है। मुंगेरी ने इस बात का विरोध किया और कहा, "इस मूर्ति का चेहरा कक्का जी के चेहरे से मेल नहीं खाता।"

मनोहर ने कहा, "यह हूबहू कक्का जी की मूर्ति है।"

बदले में मुंगेरी माइक पर पहुँच गए और बोले, "जब यह कक्का जी की मूर्ति है ही नहीं तो इसे माला पहनाने का क्या मतलब। मैं माला नहीं पहनाऊँगा।"

प्रदेश अध्यक्ष बीच बचाव के लिए आए और बोले, "आज कक्का जी की आत्मा खून के आँसू रो रही होगी। उन्हें ये बहुत ही बुरा लग रहा होगा कि जिस पार्टी में रहते हुए उन्होंने जान दे दी उसका अनुशासन उनका बेटा ही भंग कर रहा है। मुंगेरी ने अभी जो किया वह कोई भी अनुशासित राजनीतिक पार्टी बर्दाश्त नहीं कर सकती है। मुंगेरी को उनकी अनुशासनहीनता के लिए जल्दी ही कारण बताओ नोटिस जारी की जाएगी।"

प्रदेश अध्यक्ष के इस बयान के बाद मुंगेरी बेकाबू हो गए। उन्होंने कहा, "जिस पार्टी के लिए मेरे पिता कक्का जी ने जान दे दी, वह उनके ही वारिस को नोटिस थमाने की बात कर रही है। अब इस बात का जवाब तो नवाबगंज की जनता ही देगी।"

मुंगेरी के इस बयान के बाद स्थिति तनावपूर्ण हो गई और शान्ति बनी रहे इसलिए मुंगेरी को गिरफ्तार करना जरूरी हो गया। मुंगेरी गिरफ्तार तो हुए पर इस मौके पर जितना चीख-चिल्ला सकते थे उससे ज्यादा चीखे और चिल्लाए। मनोहर ने मुंगेरी को गिरफ्तारी से बचाने की पूरी कोशिश की पर मुंगेरी और भी उग्र होते गए। मुंगेरी की गिरफ्तारी और प्रदेश अध्यक्ष के साथ के बावजूद मनोहर का मुँह लटक गया था। उन्हें पता चल गया था कि मुंगेरी यहाँ से अपने मकसद में कामयाब होकर गए हैं।

मुंगेरी गिरफ्तार होकर पहली बार थाने गए और उनकी दुनिया ही बदल गई।

थाने के सामने पहलवान वीर बाबा का चबूतरा है। मुंगेरी ने देखा कि थानेदार ने वहाँ दारू का एक क्वार्टर चढ़ाया और पहलवान वीर बाबा से हाथ जोड़ा कि हे पहलवान वीर बाबा, हमारी रक्षा करना और थाने में अपराध में कभी कमी न होने देना। मुंगेरी चौंक गए कि कैसा थानेदार है जो अपराध में बढ़ोतरी का वरदान माँग रहा है और ये कैसा पहलवान वीर बाबा है जो ये वरदान देने वाला है। जब थानेदार उनके पास आया तो मुंगेरी ने ये बात उसी से पूछ ली।

थानेदार ने बताया कि ये पहलवान वीर बाबा बहुत बड़े अपराधी थे। मर्डर, डकैती से लेकर बलात्कार तक कोई ऐसा जुर्म नहीं था जो इन्होंने न किया हो। पुलिस को भी ये पैसा फेंकते रहते थे इसलिए कभी कोई दिक्कत न हुई पर बीच में एक थानेदार ऐसा आ गया जो फेंके हुए पैसे नहीं उठाता था। बस हो गया पंगा।

पहलवान ने कहा कि वे हाथ में नहीं देंगे और थानेदार ने कहा कि वह फेंके हुए पैसे उठाएगा नहीं। इस तकरार में बात इतनी बढ़ी कि थानेदार ने पहलवान का एनकाउंटर कर दिया। पर हुआ यह कि पहलवान थे जाति के ब्राह्मण सो मर के ब्रह्मराक्षस बन गए और थाने में एक से बढ़ के एक पंगे शुरू हो गए। तब जिस थानेदार ने उनका एनकाउंटर किया था उसी ने पहलवान वीर बाबा का चबूतरा बनाकर किसी तरह से उन्हें शान्त किया। वह दिन है कि आज का दिन, अपराधी हों या थानेदार सब पहलवान वीर बाबा से आशीर्वाद लेकर ही काम पर निकलते हैं। मरा हुआ पहलवान जिन्दे पहलवान से सौ गुना ताकतवर हो गया है।

मुंगेरी पहले से ही इस गुणा-गणित में खोए थे कि कक्का जी की मूर्ति के अनावरण के मौके पर आज जो कुछ भी हुआ उसके क्या राजनीतिक परिणाम होंगे। अब वे नए सिरे से इस मसले पर सोचने लगे कि क्या कक्का जी की मूर्ति कक्का जी से ज्यादा ताकतवर होगी? और अगर वह होगी तो उसका फायदा किसको मिलेगा? मनोहर को या मुंगेरी को? पल भर के लिए उन्होंने मनोहर को अपने सामने खड़े देखा।

मनोहर ने कहा, "कक्का जी की मूर्ति का आशीर्वाद अब मेरे सिर पर है। इतना हमेशा याद रखना। कक्का जी की मूर्ति जितनी ताकतवर होगी, मैं भी उतना ही ताकतवर होता जाऊँगा। कक्का जी तुम्हारे बाप होंगे पर मेरे लिए तो पहलवान वीर बाबा हैं।"

मुंगेरी उदास हो गए। उन्हें लगा कि कक्का जी की विरासत की लड़ाई में फिलहाल वे कमजोर पड़ गए हैं। घर पहुँचकर भी मुंगेरी की ये उदासी दूर नहीं हुई। तब भी नहीं जब उनकी घोषित सेक्रेटरी और अघोषित प्रेमिका सपना उनसे मिलने आईं।

सपना ने उन्हें दिलासा देने की पूरी कोशिश की पर मुंगेरी पर किसी बात का असर नहीं हुआ, नहीं तो सपना को तो देखते ही उनका 'मूड' बन जाता था। सपना ने पाया कि मुंगेरी को इस बात का ज्यादा कष्ट नहीं है कि उनके पिता नहीं रहे पर इस बात से वे भीतर तक बेचैन हैं कि कक्का जी की विरासत पर मनोहर ने अपना दावा मजबूती से ठोंक दिया है।

सपना ने उन्हें बार-बार समझाने की कोशिश की कि सब कुछ राजनीति से ही नहीं तय होता और वे हर हाल में मुंगेरी के साथ हैं। जवाब में मुंगेरी ने कहा कि सपना उनका सम्बल हैं पर विधायक बनना उनका बचपन का सपना रहा है और इस सपने को पूरा करने के लिए वे कुछ भी करेंगे।

सपना थक-हारकर चली गईं पर मुंगेरी की मन:स्थिति जस की तस बनी रही। वे लगातार इस बारे में सोचते रहे कि वे ऐसा क्या करें कि मनोहर को पार्टी में जो बढ़त मिली है वह खत्म हो जाए। प्रदेश अध्यक्ष पूरी तरह से उसके कब्जे में है। ऐसे में होने वाले उपचुनाव में उन्हें तो टिकट मिलने से रहा।

मुंगेरी ने चुपचाप दूसरी पार्टियों में अपने लिए सम्भावना तलाशने की कोशिश की पर वहाँ भी एक से बढ़कर एक खुर्राट नेता डटे हुए थे जो कक्का जी की मौत के बाद अपने लिए अपार सम्भावना देख रहे थे। मनोहर और मुंगेरी के झगड़े के बाद उन्हें अपनी जीत पक्की लग रही थी जिसे बस चुनाव आयोग ने चुनाव की तारीख घोषित करने में देरी करके रोक रखा था।

ऐसे में यह कोई अजूबी बात नहीं थी कि अभी चुनाव की तारीख घोषित भी नहीं हुई थी कि विरोधी दल ने अपना टिकट घोषित कर दिया। यह उस नेता को दिया गया था जिसे पिछले चुनाव में कक्का जी ने हराया था। टिकट घोषित होते ही नेता जी कक्का जी की मूर्ति से आशीर्वाद लेने पहुँच गए।

कक्का जी की मूर्ति पर माल्यार्पण करते हुए नेता जी ने बयान दिया, "मैं कक्का जी से चुनाव भले लड़ा था पर मैं खुद भी कक्का जी को वोट देकर आया था। मैं जानता था कि नवाबगंज के नागरिकों की सेवा कक्का जी से बेहतर कोई भी नहीं कर सकता था। यही वजह है कि कक्का जी से हारने का मुझे कभी भी दुख नहीं हुआ। मेरे और कक्का जी के बीच सिद्धान्तों की लड़ाई थी, हम अलग-अलग दलों में थे इसके बावजूद मैंने हमेशा उनकी बहुत इज्जत की है। मैं आज यहाँ उनकी मूर्ति के सामने प्रण लेता हूँ कि मैं आजीवन कक्का जी द्वारा दिखाए गए रास्ते पर चलने की कोशिश करता रहूँगा।"

अगले दिन सुबह मुंगेरी ने यह खबर अखबार में पढ़ी। वे एक बार फिर से इस बात पर चकित हुए कि इनसानों से ज्यादा ताकत मूर्तियों में होती है। जो आदमी पिछले चुनाव में कक्का जी के चरित्र का किस्सा तोता-मैना अपने पोस्टरों में छपवाता रहा था वही आज उनकी कदमबोसी कर रहा है। उन्हें चीजें नए सिरे से समझ में आईं कि विरोधी भी मूर्तियों की आलोचना में एक हद से आगे नहीं जाते।

मुंगेरी के दिमाग में अचानक बत्ती जल उठी। उन्होंने खुद से कहा, "अगर मूर्तियों के सहारे ही राजनीति करनी है तो किसी दूसरे की मूर्ति क्यों बनाई जाए। मैं अपनी ही मूर्ति खड़ी करूँगा।"

अगले दिन मुंगेरी उस मूर्तिकार के पास पहुँच गए जिसने मनोहर के कहने पर कक्का जी की मूर्ति बनाई थी। उन्होंने मूर्तिकार से कहा कि वह मुंगेरी की एक ऐसी मूर्ति बनाए जिसकी शक्ल कक्का जी से मिलती हो।

मूर्तिकार चौंक गया। उसने मुंगेरी से पूछा, "आप अपनी मूर्ति का क्या करेंगे?"

"पूजा करूँगा," मुंगेरी ने जवाब दिया। बाद में मुंगेरी ने हँसते हुए कहा, "एक पंडित ने घर में बहुत ही खतरनाक वास्तु दोष बताया है जो घर के सामने किसी जीवित व्यक्ति की मूर्ति लगाने से ही दूर होगा। कक्का जी की जान इसी कमबख्त दोष की वजह से गई।"

मूर्तिकार न समझ में आने वाली नजर से उन्हें देखता रहा फिर मुझे क्या वाले भाव से उसने एडवांस माँग लिया जिसे देने में मुंगेरी ने पल भर भी देर नहीं की।

आठ-दस दिन बाद अपनी मूर्ति को एक गाड़ी में लादकर मुंगेरी नगरपालिका कार्यालय पहुँच गए। वहाँ उन्होंने अपने घर के सामने वाले चौराहे पर अपनी ही मूर्ति लगाने का लिखित प्रस्ताव दिया और बदले में उस चौराहे के सौन्दर्यीकरण का पूरा खर्च उठाने की बात की।

अधिकारी हँसने लगा। उसने कहा, "मुंगेरी भाई, लगता है कि कक्का जी के न रहने का आपको भारी सदमा लगा है। आप अपना खयाल रखिए। मूर्तियाँ मरे हुए लोगों की लगती हैं, वह भी उनकी जिनकी सरकार हो, जिनके भक्तों की लम्बी-चौड़ी फौज हो और उनके नाम पर वोट मिलें। आप क्या हैं इनमें से? सरकार आपकी पार्टी की है पर वह तो मनोहर नेता जी के साथ है। ऊपर से आप मरे भी नहीं हैं अभी, तो भला हम आपकी मूर्ति लगाने की जगह कैसे दे सकते हैं? बाकी क्या पता, आप मर जाएँ तो आपकी मूर्ति मनोहर नेता जी ही लगवा दें कहीं।"

मुंगेरी इन बातों से जरा भी विचलित नहीं हुए। वे नगरपालिका कार्यालय के बाहर आ गए, जहाँ उन्होंने कुछ पत्रकारों को बुला रखा है।

एक पत्रकार ने पूछा, "आप अपनी ही मूर्ति क्यों लगवाना चाहते हैं? क्या यह मजाक की बात नहीं है?"

मुंगेरी ने कहा, "मैं ये काम कक्का जी के आदेश पर कर रहा हूँ। उन्होंने एक दिन मेरे सामने प्रकट होकर कहा कि इस समय जब हर कोई अपनी ही मूर्ति गढ़ने में लगा हुआ है तो इस इलाके के विकास और जनता की भलाई के लिए यह काम तुम भी करो। तुम मेरे अंश हो, तुम अपनी ही

मूर्ति बनवाकर उसे घर के सामने वाले चौराहे पर स्थापित करो। इससे तुम्हें जनता की सेवा करने की ताकत मिलेगी और मुझे मोक्ष मिलेगा।"

थोड़ा रुककर मुंगेरी ने कहा, "मनोहर ने जो मूर्ति लगवाई है वह शूदक काल में बनी है इसलिए उसमें भूत दोष है। कक्का जी इस बात से चिन्तित थे कि वह मूर्ति कहीं नवाबगंज के लोगों का या उनके प्यारे शिष्य मनोहर का कोई अहित न कर डाले।"

पत्रकार भौचक रह गए। एक दूसरे पत्रकार ने उनसे पूछा, "आपको अपनी मूर्ति लगाने की तो अनुमति मिली नहीं। कुछ लोग हँस भी रहे हैं आपके ऊपर, कह रहे हैं कि दिमाग फिर गया है आपका। अब क्या करेंगे आप?"

मुंगेरी ने जवाब दिया, "अच्छे काम में मुश्किलें तो आती ही हैं पर नवाबगंज के लोगों के लिए मैं किसी भी मुश्किल का सामना करने के लिए तैयार हूँ। मैं इस मूर्ति को स्थापित करके रहूँगा। बाहर जगह नहीं मिलेगी तो अपने घर में स्थापित करूँगा पर कक्का जी का आदेश मेरे लिए सर्वोपरि है। आज के बाद मेरा एक ही सपना है। इस मूर्ति को स्थापित करना और इस इलाके का विधायक बनकर जनता की सेवा करना।"

एक दिन शुभ मुहुर्त में मुंगेरी ने अपने ही घर के लॉन में अपनी मूर्ति एक ऊँचे चबूतरे पर स्थापित करवा दी। जब मूर्ति चबूतरे पर चढ़ाई जा रही थी तो वह धड़ाम से नीचे गिर गई और मुंगेरी उसके नीचे दब गए। उन्हें काफी चोटें आईं, खून बहा पर जब तक उन्होंने मूर्ति को स्थापित करवा नहीं दिया तब तक डटे रहे।

जब मूर्ति स्थापित हो गई तो उन्होंने अपनी ही मूर्ति के आगे शीश नवाया और जोर से जयकारा लगाया कि मुंगेरी भगवान की जय। उन्होंने अपने बहते हुए खून से मूर्ति का तिलक किया और ड्राइवर से बोले कि गाड़ी निकालो, डॉक्टर के यहाँ चलना है।

अगले दिन जब सपना मुंगेरी से मिलने आईं तो उन्होंने पूछा, "यह सब करके क्या हासिल होने की उम्मीद कर रहे हैं आप?"

मुंगेरी ने जवाब दिया, "ताकत और विधायकी का टिकट।"

सपना बोलीं, "टिकट मिलने की थोड़ी-बहुत उम्मीद रही भी होगी तो आपकी इस मूर्खता के बाद वह खत्म हो जाएगी।"

मुंगेरी हँसे, फिर उन्होंने सपना को समझाया, "राजनीति में इस बात से कोई फर्क नहीं पड़ता कि क्या मूर्खता है और क्या बुद्धिमानी। फर्क इस बात से पड़ता है कि जनता के बीच क्लिक क्या करता है। अगर यह मूर्ति क्लिक हो गई तो यह मूर्खता बहुतों की अकल पर भारी पड़ेगी। वैसे भी आजकल पब्लिक को अकल वाली चीजें कहाँ पसन्द आ रही हैं।"

सपना को यह सब समझाते हुए मुंगेरी आखिरकार उस बिन्दु पर पहुँच ही गए जहाँ पहुँचने में इतना वक्त उन्हें शायद ही कभी लगा हो।

वे सपना को अनावृत करने लगे।

प्रेम नाम की इस कसरत के बाद सपना उस ख्वाब में डूब गईं जिसे वे न जाने कब से देखती आई हैं। कि वे एक छोटे से घर में मुंगेरी के साथ बैठी हुई हैं। घर के लॉन में रंगबिरंगे फूल खिले हुए हैं। उनके ऊपर तितलियाँ और भौंरे उड़ रहे हैं। एक सतरंगी तितली उड़ते हुए आती है और उनके ऊपर बैठ जाती है। सपना जब उसे सहलाती हैं तो वह एक सुन्दर-सी नन्ही बच्ची में बदल जाती है। सपना मुस्कराती हैं और बगल में लेटे मुंगेरी को अपनी बाँहों में समेट लेती हैं।

मुंगेरी भी लस्त-पस्त हाल में वही पुराना सपना देख रहे हैं। वे चुनाव जीतकर विधायक हो गए हैं और मंत्री पद की शपथ ले रहे हैं।

राजनीति के दाँव-पेंच

शहर में पार्टी के केन्द्रीय आब्जर्वर आए हैं। वे सर्किट हाउस में रुके हैं। वही तय करेंगे कि टिकट किसको मिलना है। मुंगेरी सर्किट हाउस पहुँचे तो पता चला कि वहाँ मनोहर पहले से ही अन्दर बैठे हैं। मुंगेरी से इन्तजार करने के लिए कहा गया। मुंगेरी बहाने से उठकर खिड़की के पीछे पहुँचे जहाँ से वह आब्जर्वर और मनोहर की बातें सुन सकें।

वहाँ उन्होंने आब्जर्वर को मनोहर से कहते सुना, "मैं शुरू से ही वंशवाद के विरोध में हूँ इसलिए टिकट तो मैं तुम्हें ही दूँगा। पर तुम्हें पार्टी को मजबूत करने के लिए कम से कम पाँच करोड़ तो देने ही होंगे।"

मनोहर ने कहा, "मैं यह न दे पाऊँ तो?"

"तो हमें वंशवाद से कोई दिक्कत नहीं। मुंगेरीलाल जी ने अपना पिता खोया है। लोगों की सहानुभूति उनके साथ है। हम टिकट उन्हें ही देंगे।"

मनोहर ने कहा, "मैं तो बस पूछ भर रहा था। वंशवाद के विनाश के लिए मैं कुछ भी करने को तैयार हूँ। आप बताइए कि आपको पाँच करोड़ रुपये कब, कैसे और कहाँ चाहिए?"

मुंगेरी उन लोगों की शकल नहीं देख पा रहे थे पर मनोहर की आवाज तो वे नींद में भी पहचान सकते थे। दूसरी आवाज ऑब्जर्वर की है, इसका अन्दाजा लगाने में उन्हें पल भर भी न लगा। मुंगेरी अपने फोन पर ये आवाजें रिकार्ड कर रहे थे कि मनोहर के एक सहायक ने उन्हें देख लिया और खुद उनका ही वीडियो बनाते हुए शोर मचा दिया। मुंगेरी की समझ में नहीं आया कि वे क्या करें। उन्होंने वहाँ से भागने की कोशिश की पर पकड़ लिए गए। जब तक आब्जर्वर और मनोहर बाहर निकलते और भी दो-तीन लड़कों ने मिलकर मुंगेरी को दबोच लिया था।

आब्जर्वर और मनोहर को देखते ही मुंगेरी आपे से बाहर हो गए। उन्होंने चिल्ला-चिल्ला कर कहा कि उनके पास इस बात का सबूत है कि पार्टी बात तो बड़े बड़े आदर्शों की करती है पर वह पैसे लेकर किसी भी लगुए-भगुए को टिकट देने को तैयार रहती है।

मनोहर ने उनका फोन छीनकर न सिर्फ रिकार्डिंग डिलीट की बल्कि फोन को ही रिसेट मार दिया। इसके बाद मनोहर ने कहा, "सबूत कहाँ है मुंगेरी भाई? आप आजकल बेवजह तिल का ताड़ बना रहे हैं। थोड़ा घर में आराम कीजिए या सपना जी के साथ बाहर कहीं हिल स्टेशन वगैरह घूम आइए। आप एक बार मुझसे कहें तो, टिकट से लेकर होटेल तक की सारी

व्यवस्था मैं खुद करूँगा। कक्का जी के बेटे और अपने पुराने दोस्त के लिए इतना करना तो फर्ज बनता ही है मेरा।"

बाहर आकर मुंगेरी ने आरोप लगाया कि पार्टी पैसे लेकर बेईमान लोगों को टिकट दे रही है तो मनोहर ने कहा कि कक्का जी के न रहने का मुंगेरी की मानसिक सेहत पर गहरा असर हुआ है। वे इन दिनों अजीबोगरीब व्यवहार कर रहे हैं। अभी दो दिन पहले अपनी ही मूर्ति लेकर नगरपालिका पहुँच गए थे और अब आब्जर्वर जैसे देवता आदमी पर इस तरह के आरोप लगा रहे हैं। इसके बावजूद अगर मुंगेरी सहयोग करें तो वह उनका मानसिक इलाज अपने खर्चे पर कराने के लिए तैयार हैं। पर जिस पार्टी को पूज्य कक्का जी ने अपने खून और पसीने से सींचा है उसके आदर्शों को मुंगेरी इस तरह से बदनाम करें, ये बात मनोहर अपने जीते जी तो नहीं होने देंगे।

अगले दिन अखबारों ने मुंगेरी की बात को ज्यादा भाव नहीं दिया। मुंगेरी ने अखबारों को बेमन से देखा और परे रख दिया। उस दिन के बाद उन्होंने घर से निकलना एकदम कम कर दिया। वे घर में रहते हुए ही लखनऊ और दिल्ली के नेताओं से सम्पर्क साधने की कोशिश करते रहे पर वे लगातार महसूस कर रहे थे कि कक्का जी के जाने के बाद सारे लोगों ने उन्हें अकेला छोड़ दिया है। ज्यादातर लोग बस हूँ-हाँ में उनकी बात सुन रहे थे। दोबारा फोन करने पर तो वे मुंगेरी का फोन तक नहीं उठा रहे थे।

सपना कभीकभार घर आतीं पर वे अपने में ही इतने खोए हुए थे कि सपना के संग-साथ और शरीर तक में अपनी रुचि खो बैठे थे। बस एक ही काम था जिसे वे पूरे मन से करते। यह काम था अपनी मूर्ति की खिदमत।

ऐसे ही एक दिन अपनी मूर्ति को नहलाते हुए उन्हें ऐसा लगा जैसे वह हाड़-मांस का कोई जीवित पुतला हो। उन्होंने उसकी धड़कन सुनने की कोशिश की पर वहाँ एक पथरीला सन्नाटा ही सुनाई देता रहा। मुंगेरी मुस्कराए कि उनका दिमाग सचमुच चल गया है। फिर भी वह उसी तन्मयता से मूर्ति की सेवा में लगे रहे। रोज की तरह हूबहू अपने जैसा कपड़ा पहनाया, माला पहनाई, चन्दन लगाया और अपने हाथों से गुही हुई फूलों की माला पहनाई।

इसके बाद जब उन्होंने मूर्ति को देखा तो उन्हें ऐसा लगा जैसे वह आईना देख रहे हों। उन्हें लगा मूर्ति मुस्करा रही है। जब ये बात उन्होंने अपने नौकर से कही तो उसने हमेशा की तरह उनके सुर में सुर मिलाते हुए कहा कि ऐन यही बात मैं भी बोलने वाला था मुंगेरी भैया!

मुंगेरी का बाकी दिन कक्का जी के कागज-पत्रों की पड़ताल में बीता। उन्हें जमीन-मकान और बीमा आदि के कागजों के साथ बहुत जतन से छुपाई गई एक चाभी मिली। मुश्किल यह थी कि यह चाभी घर के किसी भी ताले की नहीं दिख रही थी।

चाभी लेकर मुंगेरी पूरे घर में भटकते रहे तब जाकर उन्हें घर के पुराने और रद्दी सामानों वाले कमरे में एक जंग लगा बक्सा मिला। बक्से में सात करोड़ रुपये ठसाठस भरे हुए थे।

मुंगेरी खुशी के मारे पागल ही होने वाले थे कि उनकी निगाह एक लिफाफे पर गई जिस पर पाने वाले के रूप में मुंगेरी का नाम लिखा था। लिफाफे पर यह भी लिखा था कि इसे हर हाल में मिलने के पन्द्रह दिन बाद खोला जाय अन्यथा भारी नुकसान की सम्भावना है।

मुंगेरी की समझ में नहीं आया कि भला खत खोलने से ऐसा क्या नुकसान हो सकता है पर वे रुक गए। अचानक उन्हें कुछ याद आया तो वे दौड़ते हुए अपनी मूर्ति यानी मुंगेरी भगवान के चरणों में लोट गए और जोर से उनका जयकारा लगाया।

मुंगेरी की निगाह इस पर नहीं गई कि एक बिचौलिया, जो मनोहर और मुंगेरी दोनों के सामने समान भाव से वफादारी का दावा करता है, छुपकर मूर्ति के चरणों में लोटे मुंगेरी का वीडियो बना रहा है। मुंगेरी से मिलने के बाद बिचौलिए ने मुंगेरी के पैर छुए और बताया कि मनोहर चुनाव में उतरने की पूरी तैयारी कर चुके हैं। पार्टी भी उन्हें अपना कैंडिडेट मान ही चुकी है पर अभी वह चुनाव की तारीख घोषित होने का इन्तजार कर रही है।

अभी थोड़ी देर पहले ही मुंगेरी को सात करोड़ नकद मिले हैं। उसका खुमार मुंगेरी पर छाया हुआ है। उन्होंने बिचौलिए से कहा कि चुनाव आने

दो। इस चुनाव में अगर मैंने मनोहर को सबक नहीं सिखाया तो मैं कक्का जी की एक भी दिन की औलाद नहीं। बिचौलिया मुंगेरी का आत्मविश्वास देखकर जैसे हैरत में आ गया। जाहिर है कि अब उसका अगला पड़ाव मनोहर का घर होना था।

मनोहर के घर पहुँचकर बिचौलिए ने पहले तो उन्हें मुंगेरी का वह वीडियो दिखाया जिसमें वह अपनी ही मूर्ति के कदमों में लेटे हुए हैं और मूर्ति की जय बोल रहे है। वीडियो देखकर मनोहर ठठाकर हँसे कि मैं बेकार में ही मुंगेरी को इतनी गम्भीरता से ले रहा था। इसका तो दिमाग ही चल निकला है। अब हम इसकी तरफ से निश्चिन्त होकर चुनाव में अपनी पूरी ताकत लगा सकते हैं। आयोग चुनाव की तिथि घोषित करे या पार्टी मुझे अपना कैंडिडेट घोषित करे, इसके पहले ही एक-एक वोटर तक अपना नाम पहुँचा देना है।

इसके बाद मनोहर ने गम्भीरता का जामा ओढ़ते हुए कहा, "राजनीति अपनी जगह है पर उन्हें मुंगेरी की बहुत चिन्ता हो रही है।" यह कहते-कहते मनोहर हँस पड़े और हँसते हुए ही बोले, "कभी-कभी जाते रहना मुंगेरी भाई के यहाँ। चुनाव के टेंशन में ऐसी बातों की बहुत जरूरत है जिन्हें देख-सुनकर थोड़ा टेंशन रिलीज हो।"

मुंगेरी-मनोहर के घात-प्रतिघात

फिर एक दिन मुंगेरी ने प्रेस कॉन्फ्रेंस बुलाई और चुनाव में निर्दलीय प्रत्याशी के रूप में उतरने का एलान कर दिया।

उन्होंने कहा, "अपने आखिरी दिनों में कक्का जी पार्टी से इतना ज्यादा निराश थे कि इस निराशा ने ही उनकी जान ले ली। अगर इसके बाद भी मैं पार्टी के टिकट पर चुनाव लड़ूँ तो यह कक्का जी के सपनों और उन मूल्यों के साथ गद्दारी होगी जिनका पालन कक्का जी ने अपनी जान देकर भी किया। वे अपने आखिरी दिनों में लगातार यह बात कहते थे कि जिस पार्टी को उन्होंने अपने खून से सींचा उसमें अब सचाई और सिद्धान्तों की

जगह धन-दौलत का बोलबाला चल निकला है। आज कोई भी दो कौड़ी का अपराधी या दलाल चार-पाँच करोड़ रुपये खर्च करके पार्टी से टिकट पा सकता है। मुझे गर्व है कि मैं एक ईमानदार जननेता कक्का जी का खून हूँ। मेरे पास पाँच करोड़ रुपये नहीं हैं और अगर होते तो भी मैं ऐसी पार्टी के टिकट को लात मारता। मुझे कक्का जी के आदर्शों में और जनता के विवेक में पूरा भरोसा है। हम अपने विरोधियों से कहना चाहते हैं कि—

इस दुनिया में जब तलक हमारा जीना होना है
तुम्हारी चोटें होनी हैं हमारा सीना होना है।

मनोहर को इस बात का पता चला तो उन्हें काठ मार गया। उन्हें अनेक लोगों ने बताया पर बिचौलिया तो मुंगेरी की प्रेस कॉन्फ्रेंस के बाद सीधा मनोहर के घर ही पहुँच गया।

मनोहर ने बात को हवा में उड़ाने की कोशिश की, "साला फिर जोकरई कर गया। निर्दलीय लड़कर जीतेंगे मुंगेरीलाल जी। जिस दिन रिजल्ट आएगा, पता चल जाएगा कि कितने पानी में हैं। वोट मिलते हैं दल के नाम पर। इस बात को कक्का जी भी भली-भाँति समझते थे, इसलिए जीवन भर दल बदलते रहे। जो काम खुद कक्का जी ही नहीं कर पाए उसे ये अधपगले मुंगेरी करेंगे। कमाल की बुद्धि पाई है मुंगेरी ने।"

मनोहर लगातार मुंगेरी पर तरस खा रहे थे लेकिन बिचौलिए ने समझ लिया था कि मुंगेरी का तीर एकदम निशाने पर लगा है। इसलिए जब मनोहर ने कहा कि आओ दारू पीते हैं तब वह इस लालच में भी रुका कि नशे में मनोहर की दुनिया को और भी कायदे से समझ-बूझ सके।

रात में दारू पीते हुए पहला चरण तो मुंगेरी का उपहास उड़ाने का ही रहा लेकिन दो ही पैग के बाद माहौल बदल गया।

मनोहर ने गम्भीर होते हुए कहा, "पहले लड़ने की बात करके साला बाजी मार ले गया, बिचौलिया भाई। कब से कह रहा हूँ पार्टी वालों को कि मेरे नाम का एलान करो पर साले मुझको बाबा जी के घंटा की तरह लटका

कर बैठे हैं। छवि तो खराब कर दी न साले ने। अब टिकट घोषित होने पर सबको लगेगा कि टिकट खरीदा है मैंने।"

बिचौलिए ने कहा, "हर चीज की काट होती है मनोहर भैया। कक्का जी कितने चरित्रवान थे, इसके बारे में आपसे बेहतर कौन जानता है? कुछ खुलासा करवा दीजिए।"

मनोहर ने कहा, "इससे तो हमारा भी नुकसान होगा बे।"

"आप सामने मत आइए बस। आप का कोई नुकसान नहीं होगा। जनता कक्का जी को जितना उनकी औलाद मुंगेरी के साथ जोड़कर देखेगी, उतना आपके साथ उन्हें कभी नहीं जोड़ पाएगी।" बिचौलिए ने कहा।

अगले दिन जब मनोहर तमाम अखबारों में मुंगेरी के पार्टी छोड़ने और निर्दलीय लड़ने की खबर पढ़ रहे थे तो उनके दिमाग में यह भी चल रहा था कि कक्का जी के बारे में कितनी खबरें लीक करनी हैं। वे जानते थे कि इस तरह की खबरों के लिए अखबारों के सम्पादकों को पैसे खिलाने होंगे। खुद कक्का जी भी अपने विरोधियों के बारे में इस तरह की खबरें प्लांट करवाते थे।

यहीं से उन्हें यह भी सूझा कि कक्का जी पर तो खबरें छपेंगी ही पर कुछ खबरें मुंगेरी के चरित्र के बारे में भी छप जाएँ तो सोने पर सुहागा हो जाए। तब देखेंगे कि मुंगेरी इन चीजों की काट कैसे ढूँढ़ते हैं। एक बार यह सोचना था कि उन्हें सपना की याद आई।

सपना मुंगेरी की सेक्रेटरी तो बाद में बनीं जिससे कि उनके मुंगेरी से मिलने पर सवाल न उठे। पहले तो वह मुंगेरी की प्रेमिका ही थीं। मुंगेरी और मनोहर की दोस्ती वाले दिनों में मनोहर खुद भी कई बार मुंगेरी और सपना के मिलने की व्यवस्था किया करते थे। एक बार तो सपना ने उन्हें राखी भी बाँधी थी।

उसी दिन शाम को मनोहर सपना से मिलने पहुँच गए। वहाँ उन्होंने सपना को खुद के राखीबन्द भाई होने की याद दिलाई और बताया कि उन्हें सपना की कितनी चिन्ता रहती है। फिर ऐसे ही बात-बात में मनोहर ने सपना से पूछा कि मुंगेरी और सपना शादी कब कर रहे हैं? सपना कुछ

जवाब देतीं इसके पहले ही मनोहर ने उनसे पूछा कि क्या मुंगेरी उनसे कभी शादी करेंगे भी?

यह बात सपना की दुखती रग थी। इस सवाल का जवाब वे खुद से भी पूछती ही रहती थीं और जवाब में उनकी आँखों के सामने अक्सर अँधेरा छा जाता था। तो हुआ यह कि जवाब में न चाहते हुए भी सपना कमजोर पड़ गईं। तब मनोहर ने उनसे वह बात कही जिसके लिए वे आए थे। मनोहर ने सपना से कहा कि ये बात मैं पहले दिन से जानता हूँ कि मुंगेरी सपना से कभी भी शादी नहीं करेंगे और जिस दिन से सपना ने उन्हें राखी बाँधी है उस दिन से तो कई बार इस मसले की वजह से उन्हें रात-रात भर नींद नहीं आई है।

मनोहर ने सपना से कहा, "अगर तुम मुंगेरी पर सार्वजनिक रूप से यह आरोप लगाओ कि वह विवाह का झाँसा देकर कई सालों से तुम्हारा यौन शोषण कर रहा है तो मैं तुम्हें मुँहमाँगी कीमत देने को तैयार हूँ। तब मैं तुम्हें उतना धन दे सकता हूँ जिसके बारे में तुमने कभी सोचा भी नहीं होगा। जिससे आगे के जीवन में तुम्हें कम से कम रुपये-पैसे की कमी का सामना तो कभी नहीं करना होगा। आगे भी तुम जिस भी तरह से चाहोगी, मैं सदा तुम्हारे साथ खड़ा मिलूँगा।"

सपना शुरू में भले थोड़ी कमजोर पड़ी थीं पर वे अचानक बिफर उठीं। उन्होंने मनोहर को बाहर करते हुए पूछा कि क्या यही वह भाई-बहन का रिश्ता है जिसके बारे में सोच-सोच कर मनोहर को रात-रात भर नींद नहीं आती थी? सपना ने कहा कि मुंगेरी की बात मुंगेरी जानें पर उनके मन में मुंगेरी के सिवा कोई और नहीं है। मनोहर यहाँ अपना वक्त ही बर्बाद कर रहे हैं।

अगले दिन एक अखबार में विश्वस्त सूत्रों के हवाले से खबर छपी कि कक्का जी रुपये-पैसे के मामले में कितने भी ईमानदार क्यों न हों पर औरतों के मामले में उनका चरित्र बेहद दागदार था। कई औरतों के साथ उनके सम्बन्ध हमेशा रहे हैं। इस सम्बन्ध में पार्टी ने उनकी उम्र का लिहाज करते हुए कई बार चेतावनी दी थी। उनकी इस चरित्रहीनता से पार्टी की छवि खराब हो रही थी इसलिए पार्टी उन्हें निष्कासित भी करने वाली थी।

खबर के साथ बॉक्स में मनोहर का बयान भी छपा था जिसमें मनोहर ने गोलमोल बातें करते हुए कहा था कि कक्का जी उनके लिए पिता की तरह थे और किसी के मरने के बाद इस तरह की बात करना भारतीय संस्कृति के अनुरूप नहीं है। कोई भी देवता नहीं होता, देखने वाली बात यह है कि वे नवाबगंज की जनता के लिए हमेशा समर्पित रहे।

यह शुरुआत भर थी। जल्दी ही दूसरे अखबार भी कक्का जी के बारे में एक से बढ़कर एक खबरें ले आए। उनकी रंगीनमिजाजी के किस्से तो गाए ही गए, इस बारे में भी लगातार खबरें छपीं कि उनकी ईमानदारी भी एक धोखा ही थी। ऐसा बहुत सारा पैसा वे डकार गए जो नवाबगंज की जनता के विकास के लिए था। पार्टी और पार्टी के बाहर के ऐसे तमाम लोगों के बयान अखबारों में छपे जो कक्का जी को एक नम्बर का बेईमान साबित करते थे।

मनोहर शुरू में तो कक्का जी के पक्ष में ही गोल-मोल बयान देते रहे पर एक दिन उन्होंने कह ही दिया, "जो कक्का जी मेरे आदर्श हैं वे कभी इस तरह के काम नहीं कर सकते थे। बाद के दिनों में पुत्र-मोह में उन्होंने कुछ गलतियाँ जरूर कीं पर इससे उनके बेदाग सार्वजनिक जीवन पर उँगली उठाने का हक किसी को नहीं मिल जाता।"

इस सिलसिले में कुछ अखबार वालों ने जब मुंगेरी से बात करने की कोशिश की तो मुंगेरी ने कहा, "कक्का जी का रुपये-पैसे का सारा हिसाब मनोहर देखते थे। विस्तार से तो वही बता सकते हैं पर कक्का जी इस बात से अक्सर दुखी रहा करते थे कि मनोहर पार्टी की बेईमान संस्कृति के असर में लगातार रुपये-पैसे की गड़बड़ियाँ करने लगे थे। उन्होंने कक्का जी के नाम पर तमाम लोगों से पैसे ऐंठे थे जिसके लिए एक बार मेरे ही सामने कक्का जी ने मनोहर को थप्पड़ भी मारा था और उससे बात भी करनी बन्द कर दी थी।

"बाद में मनोहर मेरे ही पैरों पर पड़ गया और रोया-गिड़गिड़ाया कि कक्का जी कुछ नहीं समझते। पैसे पार्टी को गए हैं जिससे कि कक्का जी का टिकट पक्का हो सके। मैंने कक्का जी को यह बात नहीं बताई क्योंकि

यह उनके लिए बहुत तकलीफ की बात होती पर मेरी कई दिनों की मनुहार के बाद कक्का जी ने मनोहर को माफ कर दिया था।

"हालाँकि तभी एक दिन उन्होंने मुझसे यह भी कहा था कि मैं मनोहर को अपने वारिस की तरह देखा करता था पर इसकी बेईमानियों ने मेरा दिल तोड़ दिया है। अब नवाबगंज की जनता की सेवा के लिए तुम्हें ही आगे आना होगा।"

मूर्ति की मुस्कराहट

चिट्ठी मिलने की पन्द्रहवीं सुबह मुंगेरी ने कक्का जी की वह चिट्ठी खोली जिसे मिलने के पन्द्रह दिन बाद पढ़ने का निर्देश था। चिट्ठी में लिखा था—

प्रिय मुंगेरी,

तुम यह चिट्ठी पढ़ रहे हो, यह इस बात का सबूत है कि तुम जीवित और सही सलामत हो और सात करोड़ की नकदी ने तुम्हारी सेहत पर कोई बुरा असर नहीं डाला। राजनीति में हमें बहुत सोच- समझ कर अपनी मूर्तियाँ गढ़नी पड़ती हैं। जैसे मैंने अपनी एक मूर्ति गढ़ी कि मैं सच्चा और ईमानदार हूँ। पर ईमानदारी से भला राजनीति का क्या सम्बन्ध!

मनोहर तुमसे ज्यादा शातिर है। मुझे पता है कि वह एक दिन तुमसे घात करेगा क्योंकि वह खुद मुझसे भी घात कर चुका है। जिस आलीशान मकान में वह रहता है वह मेरी ही बेनामी सम्पत्ति थी जिसे मैंने मनोहर के नाम से बनाया था। मनोहर ने मेरे साथ दगा किया। वह तुम्हारे साथ भी यही करेगा।

कमीनापन तुममें भी है पर मनोहर की तुलना में तुम गाय हो। इसलिए मैं तुम्हारे लिए बहुत सारी दौलत छोड़ कर जा रहा हूँ। इसे इस तरह से बरतना जिससे मेरी ईमानदारी वाली मूर्ति भी न टूटे और तुम्हारा भी फायदा हो। मेरी मूर्ति

टूटे इससे अब मुझे कोई नुकसान नहीं पर इससे तुम्हारा भी नुकसान होगा जो मैं नहीं चाहता कि हो। आगे की बात यह है कि घर के सामने घास के लॉन के नीचे मैंने सौ किलो से ज्यादा सोना छुपा रखा है। अब यह तुम्हारा है। तुम इसे सँभालकर रखना और बरतना।

खत पढ़ते-पढ़ते मुंगेरी को लगा कि वे जमीन से कई हाथ ऊपर उठ गए हैं। इतना सोना! वे अन्दाजा लगाने लगे कि उसकी कीमत आज के बाजार में क्या हो सकती है। मुंगेरी की गणित हमेशा कमजोर रही है और आज तो खुशी के मारे वे पागल होने को हैं इसलिए कई बार की कोशिश के बाद भी वे सौ किलो सोने की सही-सही कीमत का अन्दाजा नहीं लगा पाए।

तब जमीन से कई हाथ ऊपर उठे-उठे ही उन्हें पहली चिन्ता यह हुई कि किसी को इस सोने के बारे में पता न लग जाए। हड़बड़ी में उन्होंने इधर-उधर देखा तो पाया कि उनका रसोइया उन्हें बहुत ध्यान से देख रहा है। बदले में उन्हें ऐसा धड़का लगा कि वे कक्का जी की चिट्ठी मुँह में डालकर जल्दी जल्दी उसकी लुगदी बनाने लगे।

लुगदी निगलने के बाद मुंगेरी नहा-धोकर मूर्ति की पूजा के लिए आ विराजे। पूजा के बाद वे मूर्ति के कान में फुसफुसाए, "सात करोड़ कहाँ रखे हैं वह तो तुम्हें बताया ही था। अब नई बात यह है कि तुम्हारे नीचे सौ किलो से ज्यादा सोना दबा है। इसे सँभालकर रखना। मैं तुम्हें इस सोने का रक्षक नियुक्त करता हूँ। अब मेरा सब कुछ तुम्हारे हवाले है।"

उनकी यह बात सुनते ही मूर्ति के चेहरे पर एक रहस्यमयी मुस्कान प्रकट हुई जो स्थायी रूप से बनी रहने वाली थी। मुंगेरी को ऐसा लगा जैसे मूर्ति ने उनके कानों में कुछ कहा हो। चौंककर मुंगेरी ने मूर्ति के चेहरे की तरफ देखा और उसकी मुस्कान से सम्मोहित हो गए।

क्या नहीं था इस पल उनके पास! सात करोड़ नकद थे। सौ किलो से ज्यादा सोना था। मुस्कराती हुई मूर्ति थी। सब कुछ ऐसे ही सही होता गया

तो विधायकी भी जीतने से भला कौन रोकने वाला था उन्हें? इतनी आसानी से यह सब कुछ होता जाएगा इस बात का भरोसा खुद उन्हें भी नहीं हो रहा था। मुंगेरी बार-बार खुद को चिकोटी काट रहे थे कि कहीं वे कोई सपना तो नहीं देख रहे हैं!

मुंगेरी इसी सम्मोहक सपने में डूबे थे कि उन्हें एक फुसफुसाहट सी सुनाई पड़ी, 'सपना'। जैसे हवा उनके कान में सपना-सपना गुनगुना गई हो। मुंगेरी ने चौंककर मूर्ति की तरफ देखा। मूर्ति के चेहरे पर वही रहस्यमयी मुस्कान पसरी हुई थी। उन्हें समझ में नहीं आ रहा था कि 'सपना' की वह फुसफुसाहट कहाँ से आई थी। जरूर उन्हें भ्रम हुआ होगा।

वे इस बारे में सोच ही रहे थे कि सपना ने उन्हें पुकारा। सपना ने उनसे पूछा, "इस मूर्ति में ऐसा क्या है जो तुम इसमें इस तरह से खोए हुए हो?"

मुंगेरी ने कहा, "इसकी रहस्यमयी मुस्कान। इसकी मुस्कान में मैं अभी तुम्हें ही देख रहा था।"

सपना यह कहती हुई उन्हें भीतर खींच ले गईं कि जब सचमुच की सपना सामने है तो मुंगेरी को उसे किसी मूर्ति में खोजने की क्या जरूरत है?

मुंगेरी इस पल बहुत खुश थे। यहाँ भी उन्होंने अपनी ही खुशी ढूँढ़ी। ऐसे में उन्होंने वही किया जो वे हमेशा करते थे। सपना का अनावृत करने का काम।

बाद में हाँफते हुए उन्होंने सपना का हाल-चाल पूछा। तब सपना ने उनसे वह बात बताई जिसे वे लम्बे समय से बताना चाह रही थीं पर न जाने क्यों बता नहीं पा रही थीं।

सपना ने उन्हें मनोहर के ऑफर के बारे में बताया और कहा, "मनोहर से बचकर रहो। वह तुम्हें अपने रास्ते से हटाने के लिए किसी भी हद तक जा सकता है।"

मुंगेरी ने कहा, "अब मैं मनोहर को मनोहर की ही भाषा में जवाब दूँगा। तुम्हें इस बात की एफआईआर करनी चाहिए कि मनोहर ने तुम पर यह दबाव बनाया था कि तुम मुझ पर यौन शोषण का झूठा आरोप लगाओ।"

सपना ने कहा, "मेरे पास इस बात का कोई सबूत नहीं है। ऐसे में ये मामला भला कितने दिन टिकेगा?"

मनोहर ने कहा, "मामला कोर्ट में टिके या न टिके पर जनता के बीच तो सचाई जानी ही चाहिए। तुम पुलिस में जाओगी तो उसके बहाने यह बात अखबारों में भी जाएगी।"

सपना एफआईआर नहीं करना चाहती थीं पर जब मुंगेरी ने अपनी मुहब्बत का वास्ता दिया तो उन्हें झुकना पड़ा। सपना के तैयार होते ही मुंगेरी उन्हें लेकर थाने निकल गए।

इस खबर के छपने के बाद मनोहर ने कहा, "सपना मुंगेरी की पालतू गाय हैं। वे वही करेंगी और कहेंगी जो मुंगेरी चाहेंगे। जो बात वे कह रही हैं अगर साबित कर दें तो मैं राजनीति से हमेशा-हमेशा के लिए संन्यास ले लूँगा। मुंगेरी इतने घटिया स्तर पर उतर कर राजनीति कर रहे हैं कि अगर आज कक्का जी होते तो शर्म से डूब मरते। स्वर्ग में आज उनकी आत्मा रो रही होगी। अपने पूरे जीवन में कक्का जी ने कभी इतनी घटिया राजनीति नहीं की। जहाँ तक सपना के आरोप की बात है तो उसका जवाब मनोहर कोर्ट में देना पसन्द करेंगे। मगर एक बात और भी है जिसका मुंगेरी से जवाब माँगा जाना चाहिए। मुंगेरी नवाबगंज की संस्कृति को ध्वस्त करने का काम कर रहे हैं। वे सपना से शादी करें या न करें, यह उनका निजी मसला है पर उनकी यह चारित्रिक स्वच्छन्दता नवाबगंज के युवकों और युवतियों को पथभ्रष्ट करने वाली है।"

मुंगेरी ने कहा, "सपना उनकी सेक्रेटरी हैं। उनकी पारिवारिक मित्र हैं। कक्का जी भी सपना के गम्भीर व्यक्तित्व के लिए उनका बहुत सम्मान करते थे। यह दुखद है कि मनोहर सबको अपने जैसा ही गिरा हुआ समझते हैं। जनता सब समझती है। वह उन्हें वाजिब जवाब देगी।"

चुनाव की तरीख घोषित होती इसके पहले ही मनोहर ने थाने में एफआईआर किया कि कक्का जी ने पार्टी फंड के लिए कुछ रुपये इकट्ठा किए थे पर बीमार होने की वजह से वह उसे पार्टी कोष में जमा नहीं करा पाए। मुंगेरी

ने उस पैसे का गबन किया है, जो अन्दाजन दो करोड़ के आसपास है। साक्ष्य के रूप में मनोहर ने चन्दे की रसीद बुक पेश की जिस पर कक्का जी के हस्ताक्षर हैं।

मुंगेरी को इस बात का पता चला तो वे चिन्ता में डूब गए। उनके पास नकद सात करोड़ रुपये हैं। उनकी समझ में नहीं आ रहा है कि इस रुपये को कैसे और कहाँ छुपाया जाय। आखिरकार उन्हें मुंगेरी भगवान की याद आई और रुपये उनकी खोखली मूर्ति में छुपा दिए गए।

जब मुंगेरी के घर में छापा पड़ा तो पुलिस के साथ-साथ मनोहर और पार्टी के लोग भी आए। मुंगेरी के बार-बार आपत्ति करने के बावजूद मनोहर पुलिस के साथ लगातार बने रहे। पुलिस ने घर का कोना-कोना छान मारा पर बहुत सारे कागज-पत्तर के अलावा उन्हें कुछ भी नहीं मिला। सारे कागज-पत्तर जब्त कर किए गए कि जाँच के बाद वापस किए जाएँगे।

कुछ भी आपत्तिजनक न मिलने से मनोहर झल्ला उठे। जब पुलिस वापस जा रही थी तभी मनोहर की निगाह मुंगेरी की मूर्ति पर गई। मनोहर मूर्ति के पास पहुँचे और उपहास उड़ाते हुए मुंगेरी से बोले तो ये हैं मुंगेरी भगवान। मनोहर ने कहा कि मुंगेरी भगवान की तलाशी भी ली जानी चाहिए।

मुंगेरी ने इस बात का प्रबल विरोध किया कि उनकी आस्था को आहत करने के गम्भीर परिणाम होंगे पर बड़ी संख्या में पुलिसकर्मियों के होते हुए मुंगेरी की एक न चली। मूर्ति खोदी गई। वहाँ कुछ न मिला। मूर्ति के भीतर कुछ छुपाए जाने की बात हुई पर जाँच में मूर्ति पूरी तरह से ठोस निकली। मूर्ति के चेहरे पर जमी हुई रहस्यमयी मुस्कराहट मनोहर को अपना उपहास उड़ाती जान पड़ी।

मनोहर अपना सा मुँह लेकर वापस लौट गए पर मुंगेरी के जिस्म से तो जैसे उनका सारा खून ही निचोड़ लिया गया था। छापे की खबर पाकर उनके समर्थक और पड़ोसी लगातार इकट्ठा हो रहे थे। सबके सामने मुंगेरी ने बार-बार दोहराया कि 'साँच को आँच क्या' पर भीतर ही भीतर वे विकल

और बदहवास थे कि सात करोड़ रुपये और सौ किलो से ज्यादा सोना कहाँ गायब हो गया था।

थोड़ी देर में खुशी जाहिर करता और मनोहर का मजाक उड़ाता बिचौलिया भी प्रकट हुआ कि बहुत ताव में आए थे जाँच कराने मनोहर भैया। अपना सा मुँह लेके लौट गए। अभी मिले थे जाते हुए। लगा जैसे चेहरे पर कालिख पोत दी हो किसी ने। बिचौलिए को उम्मीद है कि मुंगेरी कुछ कहेंगे पर मुंगेरी वही दोहराते हैं जिसे छापे के बाद से न जाने कितनी बार दोहरा चुके हैं कि साँच को आँच क्या!

किसी तरह से सबको वदा करने के बाद मुंगेरी मूर्ति के पास पहुँचे। मूर्ति जमीन पर पड़ी हुई थी पर उसकी वह घातक रहस्यमयी मुस्कान जस की तस बनी हुई थी। मुंगेरी मूर्ति के पास जैसे लोट गए, बोले मुंगेरी भगवान मेरे पास जो भी था सब आपके हवाले कर दिया था। कहाँ गया इतना सोना? कहाँ गए सात करोड़ रुपये? मैं तो कहीं का नहीं रहा।

तभी मुंगेरी ने पाया कि मूर्ति उनसे कुछ कह रही है। मुंगेरी भय भरे सम्मोहन से जड़ से हो गए। मूर्ति ने कहा, "मेरे रहते हुए तुम्हें इतना निराश होने की जरूरत नहीं है मुंगेरी। तुम्हारा सब कुछ मेरे पास सही सलामत है। तुम जब भी चाहोगे तुम्हारा सारा धन तुम्हें मिल जाएगा।"

मुंगेरी को लगा जैसे वे सपना देख रहे हों। इस सपने में ही वे फुसफुसाए कि "मैं अपना सारा धन देखना चाहता हूँ मुंगेरी भगवान।"

मूर्ति हँसी और बोली, "लो देखो।"

सामने सोने की ईंटें एक के ऊपर एक जमाकर रखी हुई थीं और उनकी बगल में नोटों की बेहिसाब गड्डियाँ पड़ी थीं। मुंगेरी ने इतना सोना बस फिल्मों में ही देखा था। सोने को देखकर उनकी आँखें चुँधियाँ गईं। उन्हें खुशी और उन्माद के मारे चक्कर आने को था कि मूर्ति ने सब कुछ उनके सामने से गायब कर दिया।

मुंगेरी रोते हुए अपनी ही मूर्ति के चरणों में लोट गए। बोले, "जैसे आपने आज मुझे उबारा है वैसे ही सदा उबारना मुंगेरी भगवान।"

मूर्ति ने कहा, "पहले मुझे दोबारा खड़ा कर मूर्ख। इस तरह से लेटने की आदत नहीं है मेरी।"

मुंगेरी की नई मुश्किलें

इस बार सपना आईं तो प्रेम की कसरत करते हुए वे बेहोश हो गईं। किसी तरह से उन्हें कार में बैठाकर मुंगेरी डॉक्टर के पास ले गए। सपना की जाँच करने के बाद डॉक्टर ने सपना और मुंगेरी को बधाई दी कि सपना गर्भवती हैं और गर्भावस्था में कई बार ऐसा हो जाता है।

लौटते हुए मुंगेरी ने सपना पर आरोप लगाया कि सपना ने अपने गर्भवती होने की बात छुपाई। जवाब में नाराज होते हुए सपना ने कहा कि जब उन्हें खुद ही नहीं पता था तो वे किसी को क्या बतातीं।

मुंगेरी ने सपना को दिलासा देते हुए कहा, "जल्दी से जल्दी एबार्शन करा लो। मैं सारी व्यवस्था कर दूँगा।"

सपना बोलीं, "ये हमारे प्यार की पहली निशानी है, एबार्शन की बजाय शादी कर लेते हैं। क्या पता इसी के भाग्य से आप विधायकी जीत जाएँ।"

मुंगेरी ने कहा, "पागल मत बनो। चुनाव सर पर है, हम दोनों की जाति अलग-अलग है। हमारी शादी से दोनों ही जाति के वोटर नाराज हो सकते हैं। इसलिए चुनाव जीतने के पहले हम शादी नहीं कर सकते।"

सपना ने कहा, "अगर हार गए तो?"

मुंगेरी इस बात पर उखड़ गए। बोले, "कक्का जी कहते थे कि दिन में एक बार सरस्वती सबकी जबान पर आती हैं। उस एक पल में कही गई बात सच हो जाती है। तो इस तरह की बात दोबारा तो सोचना भी मत। अगर चुनाव हार गए तो तुम्हें पाँच साल और इन्तजार करना होगा। मैं विधायक तो बन के रहूँगा और इस रास्ते में कोई भी रुकावट नहीं आने दूँगा।"

सपना ने कहा, "मनोहर सच ही कह रहा था कि तुम मुझसे कभी भी शादी नहीं करोगे।"

सपना ने गाड़ी रुकवाई और उतर गईं। मुंगेरी कहना चाहते थे कि भाड़ में जाओ पर तुरन्त ही उन्हें सपना को दिया गया मनोहर का प्रस्ताव याद आ गया। अभी सपना को अकेले नहीं छोड़ा जा सकता था।

मुंगेरी सपना के घर पहुँचे और बोले, "मैं शादी के लिए तैयार हूँ। हम हफ्ते भर के भीतर शादी कर लेंगे। तुम कल चलकर वे सारी जाँचें करवा लो जिनके लिए डॉक्टर कह रही थी।"

अगले दिन मुंगेरी ने जाँच के बहाने सपना का गर्भपात करवा दिया और बेहोशी की दशा में ही उन्हें घर ले आए। घर पर मुंगेरी ने सपना से माफी माँगी और कहा, "मेरे पास और कोई चारा नहीं था। तुम बस इस चुनाव तक रुक जाओ। इसके बाद मैं अपने सारे गुनाहों की भरपाई करूँगा और धूमधाम से तुमसे शादी करूँगा।"

सपना इस समय कमजोर और विकल्पहीन हैं सो माफ कर देती हैं पर उनके चेहरे पर साफ दिखाई देता है कि उनका सम्बन्ध अब हमेशा के लिए बदल गया है। सपना के मान जाने से खुश मुंगेरी ने सपना को गले लगा लिया।

तभी सपना की नजर मुंगेरी की मूर्ति से जा मिली। मूर्ति ने मुस्कराते हुए सपना को आँख मारी। सपना को भरोसा नहीं हुआ कि ऐसा हो सकता है। उन्होंने ये बात मुंगेरी को बताई तो मुंगेरी ने कहा कि एबार्शन की वजह से पैदा हुई कमजोरी की वजह से उन्हें भ्रम हुआ होगा।

आखिरकार चुनाव की तारीख घोषित हुई। अगले ही दिन पार्टी ने मनोहर को अपना प्रत्याशी घोषित कर दिया। इसी के साथ-साथ अनुशासनहीनता और आर्थिक अनियमितता के आरोप में मुंगेरी को पार्टी से छह साल के लिए निष्कासित कर दिया गया।

मूर्ति से सलाह-मशविरे के बाद मुंगेरी ने एक प्रेस कॉन्फ्रेंस की। कॉन्फ्रेंस में उन्होंने कहा, "पार्टी मनोहर की जेबी बन गई है। मेरे पिता

जीवन भर कितने ईमानदार रहे हैं इसके बारे में नवाबगंज की जनता अच्छी तरह से जानती है। मैं उन्हीं का खून हूँ और उन्हीं के पदचिह्नों पर चलने की कोशिश कर रहा हूँ। पार्टी ने जिन आरोपों में मुझे बाहर निकाला है वह मेरा नहीं सीधे कक्का जी का अपमान है। चुनाव के दिन जनता इस अपमान का बदला लेकर रहेगी।"

जाते समय सभी पत्रकारों को सोने का एक एक सिक्का भेंट किया गया। सभी पत्रकार खुश होकर गए।

अगले दिन सारे अखबार मुंगेरी और कक्का जी के गुणगान से भरे हुए थे। मूर्ति ने कहा, "कल बहुत मजेदार दिन था। कल सबने जान लिया कि तुम ईमानदार नहीं हो, इसके बावजूद वे तुमको ईमानदार साबित करने में जी जान लगा देंगे। मीडिया को खुश रखो, वह तुम्हें बहुत खुश रखेगी। तुम जितनी धन-दौलत उस पर लुटाओगे वह तुम्हें उसका दस गुना कमाकर देगी।"

मुंगेरी ने अपनी ही मूर्ति पर माल्यार्पण करके अपने चुनाव अभियान की शुरुआत की। मूर्ति ने उन्हें सलाह दी कि जाकर कक्का जी की मूर्ति पर माल्यार्पण के साथ अपने चुनाव अभियान की शुरुआत करो।

मुंगेरी ने गाजे-बाजे के साथ कक्का जी की मूर्ति पर माल्यार्पण किया और कहा, "मनोहर ने सपना जी को मुझ पर आरोप लगाने के लिए कहा, मैं चुप रहा। मनोहर ने कक्का जी के बारे में ऊल-जलूल खबरें छपवाईं, मैं चुप रहा। मनोहर ने कक्का जी पर चन्दे की रकम में हेराफेरी का आरोप लगाते हुए मेरे घर पर छापा पड़वाया, मैं चुप रहा। क्यों? क्योंकि जवाब नवाबगंज की जनता, यानी आपको देना है। मनोहर और दूसरे प्रत्याशियों के पास टिकट खरीदने के लिए करोड़ों रुपये हैं। बाँटने के लिए साड़ी और शराब है। धमकाने और परेशान करने के लिए पुलिस है। उनके पास पार्टी का संख्या बल है, पर मुझे किसी भी बात की चिन्ता नहीं है क्योंकि मेरे पास कक्का जी के आदर्श हैं, उनका आशीर्वाद है और सबसे बढ़कर आप सबका भरोसा और प्रेम है।"

उधर मनोहर ने बयान दिया, "कक्का जी के आदर्शों से मुंगेरी का कोई लेना-देना नहीं है। वे बस उनके बेटे होने का फायदा उठाना चाहते हैं पर क्षेत्र की जनता जागरूक है और वह उनके झाँसे में नहीं आएगी।"

प्रतिक्रिया में मुंगेरी ने कहा, "अपनी हार के डर से मनोहर बौखला गए हैं इसलिए अनाप-शनाप बयान दे रहे हैं। जब अभी उनका ये हाल है तो चुनाव में हार के बाद उनकी मानसिक स्थिति कैसी होगी इसके बारे में मुझे अभी से ही चिन्ता हो रही है।"

अगले ही दिन मुंगेरी और मनोहर के जुलूस एक-दूसरे के सामने आ गए। छोटी-मोटी झड़प और एक-दूसरे को देख लेने की धमकी के बीच दोनों जुलूस किसी तरह आगे बढ़े। मुंगेरी मन ही मन मनोहर के जुलूस में शामिल लोगों की संख्या गिनते रहे। उन्होंने पाया कि मनोहर के साथ उनकी तुलना में तिगुने लोग हैं। उन्हें खुली कार पर खड़े और "मुंगेरी भैया नमस्कार" कहते हुए मनोहर की मुस्कान याद आई।

"साला मजाक उड़ा रहा था मेरा।" मुंगेरी बड़बड़ाए।

प्रगट हुए मुंगेरी भगवान

शाम का समय है। मुंगेरी नहा-धोकर मूर्ति के पास पहुँचे और उसे साष्टांग प्रणाम किया। उन्होंने रोज की तरह दुहराया, "भगवान मुंगेरी मेरे पास जो कुछ भी है अब सब तुम्हारे हवाले है। तुम्हीं मेरी नैया पार लगाओ। मैं तन-मन-धन से तुम्हारा ही सेवक हूँ। मुझे चुनाव जिताओ और मनोहर को ठिकाने लगाओ।"

मूर्ति में हरकत हुई। वह अपने चबूतरे पर से इतने आराम से नीचे उतरी जैसे अभी तक मूर्ति होने का अभिनय करती रही हो। नीचे उतरकर उसने मुंगेरी के सिर पर हाथ फेरा और बोली, "अपनी बातें याद रखना मुंगेरी। तुमने कहा कि जो भी तुम्हारे पास है सब मेरे हवाले है यानी तुम्हारी हर चीज मेरी है चाहे वह समस्या हो या शराब। जाओ पहले शराबखाने से

कोई बढ़िया शराब ले आओ। चखने में कलेजी और मटन मँगवाओ। चियर्स करते हैं फिर तुम जो कह रहे हो वह सब भी देखते हैं।"

मुंगेरी ने श्रद्धा भरे सम्मोहन और अचरज से कहा, "भगवान आप शराब पिएँगे? अभी तो सावन चल रहा है, सावन में मटन खाएँगे आप?"

मूर्ति इस तरह से हँसी कि मुंगेरी को डर-सा लगा। मूर्ति ने कहा, "मैं तुम्हारी ही मूर्ति हूँ मुंगेरी, मुझे तुमने ही गढ़ा है। इसे इस तरह से समझो कि तुम्हारे अन्दर जो कुछ भी है वह तुमसे बढ़कर मुझमें है। तुम्हारी सारी आदतें, तुम्हारी सारी बुराइयाँ मुझमें अपना चरम पाती हैं। कोई अच्छाई होती तो वह भी पाती शायद पर जो चीज है ही नहीं उसकी क्या चिन्ता करनी। और रही तुम्हारी सावन वाली जिज्ञासा, तो जो काम करते ही हो उसमें क्या सावन क्या भादों! मटन और कलेजी अपने लिए भी मँगवाना नहीं तो मुझे बुरा लगेगा।"

मुंगेरी थोड़े हत्प्रभ तो हुए पर अभी चुनाव जीतना सबसे जरूरी था। इस काम के लिए उन्हें अपनी इस मूर्ति से ज्यादा भरोसा वोटरों पर भी नहीं था। इसलिए युद्धगति से मुंगेरी ने सारी चीजों की व्यवस्था की। मूर्ति के सामने एक मेज पर तमाम चीजें इस तरह से सज गई थीं जैसे शतरंज का खेल जमने वाला हो।

मूर्ति ने लीला भाव से सब कुछ ग्रहण किया। बीच-बीच में वह मुंगेरी को भी लोकतांत्रिक बराबरी का एहसास दिलाती रही। लेकिन मुंगेरी के लिए चुनाव चिन्ता इतनी प्रबल थी कि उन्हें शराब जरा भी नहीं चढ़ रही थी। जैसे उनका रहा-सहा नशा भी उतारने के लिए मूर्ति ने पूछा, "सपना का मामला निपट गया?" जवाब में मुंगेरी दोबारा साष्टांग हो गए।

तब मूर्ति ने बड़प्पन दिखाते हुए उनसे कहा कि कागज-कलम ले आओ। मुंगेरी दौड़ते हुए गए और भागते हुए कागज-कलम ले आए। मूर्ति ने उन्हें कृपा भरी नजरों से देखा और बोली, चलो लिखो—

> एक रात सपने में मुझे प्रभु हनुमान जी ने दर्शन देकर कहा कि 'मुंगेरी की मूर्ति में मैंने ही अवतार लिया है। जो भी मुझे मुंगेरी रूप में पूजेगा मैं उसकी सभी मनोकामनाएँ पूर्ण करूँगा।' मैं इसे सपना समझ कर भूल गया तो शाम को मेरे बेटे का एक्सीडेंट

हो गया। जैसे ही मैंने यह खबर सुनी मुझे रात में देखे गए सपने की याद आई। मैंने मन ही मन तुरन्त मुंगेरी भगवान को प्रणाम किया और मन में उनकी छवि का ध्यान करते हुए अस्पताल गया तो पाया कि बेटे को मामूली चोट भी नहीं आई थी। उसने कहा कि जैसे उसे किसी ने गोद में उठाकर जमीन पर रख दिया था। इसके बाद अगले दिन मैं प्रभु मुंगेरी के दर्शन के लिए गया तो प्रभु ने मुस्कराते हुए जैसे मुझे वरदान ही दे दिया। लौटकर घर आया तो बेटे की नौकरी लग जाने की खबर आई। जैसे मेरा भला हुआ वैसे ही सब का भला हो इस वास्ते मैं यह पर्चा छपवा कर बाँट रहा हूँ। जिस भी सज्जन को यह पर्चा मिले अनुरोध है कि वे भी भगवान मुंगेरी की शरण में जाएँ और कम से कम इस पर्चे की पाँच सौ कॉपी का वितरण करें जिससे कि ज्यादा से ज्यादा संख्या में लोगों का कल्याण हो सके। अनुरोध है कि अज्ञान की वजह से संशयग्रस्त होकर यह पर्चा न फाड़ें अन्यथा आपका बड़ा नुकसान हो सकता है। —जय प्रभु हनुमान...जय-जय भगवान मुंगेरी।

—रामनिहोर शर्मा

मुंगेरी लिख चुके तो मूर्ति ने कहा, "ये पर्चा छपवाकर हॉकरों में बँटवा दो। उनसे कहो कि वे अखबारों के साथ इन्हें घर-घर पहुँचा दें। इसके लिए उन्हें कम से कम दस-दस हजार की नोटें पकड़वाओ। ये सब काम तुम्हें किसी और से करवाना है। इसमें तुम्हारा नाम गलती से भी नहीं आना चाहिए।"

मुंगेरी ने संशयग्रस्त होकर पूछा, "इससे क्या फायदा होगा?"

जवाब में मूर्ति ने कहा, "तुम मूर्ख हो। अगर मुझ पर भरोसा है तो ये करो और खेल देखो। नहीं भरोसा है तो फिर तुमको जो ठीक लगे वह करो।"

मटन की नल्ली चूसते हुए मुंगेरी ने कहा, "भरोसा न होता तो अपने कार्यकर्ताओं की जगह मैं आपके साथ क्यों बैठा होता? आपने जो भी कहा है उस पर अमल किया जाएगा।"

मूर्ति नशे में आ गई थी शायद। वह मुंगेरी को छेड़ते हुए बोली, "लेकिन हमल तो गिरवा दिया तुमने सपना का! क्यों नाराज कर दिया उसे? अगर चुनाव भर वह गर्भवती बनी रहती तो क्या बिगड़ जाता तुम्हारा?"

मुंगेरी ने कहा, "भगवन, आप तो कलेजी खाओ। अब जो गलती हो ही गई मुझसे वह भी आपको ही सुधारनी है।"

पर्चा अभियान इस कदर सफल हुआ कि इसका असर मुंगेरी से भी पहले मनोहर ने महसूस किया। उन्होंने एक प्रेस कॉन्फ्रेंस बुलाई और कहा, "मुंगेरी चुनाव जीतने के लिए अब इस तरह की ओछी और अनैतिक हरकतों पर उतर आए हैं। उन पर चुनाव आयोग और प्रशासन दोनों को कार्यवाही करनी चाहिए। चुनाव आयोग को उनका नामांकन रद्द कर देना चाहिए।"

मूर्ति ने मुंगेरी को पहले ही बता दिया था कि इसके बाद क्या-क्या हो सकता है। इसलिए मुंगेरी ने तुरन्त बयान दिया, "इस पर्चे के वितरण में उनका कोई हाथ नहीं है। कौन अपने सपने में क्या देखता है और देखने के बाद क्या करता है इसके लिए मैं कैसे जिम्मेदार हो सकता हूँ?"

सरकार और सिस्टम मनोहर के असर में थे इसलिए उन्होंने वही किया जिसके बारे में मूर्ति ने मुंगेरी को पहले ही बता रखा था। पुलिस आई और मुंगेरी की मूर्ति को सील कर गई।

इसके जवाब में बड़ी संख्या में भक्त मुंगेरी की मूर्ति के सामने इकट्ठा हो गए। पर्चा पढ़ने के बाद बहुतों को वैसे ही सपने आए थे। सब तरफ पर्चे ही पर्चे बँट रहे हैं। भक्तों ने कहा कि उनके और मुंगेरी भगवान के बीच में जो भी आएगा उसे उखाड़ दिया जाएगा। भीड़ के सामने पुलिस की एक न चली। भक्तों ने मूर्ति पर की पुलिसिया सील को तोड़ दिया। मुंगेरी भगवान की जयजयकार से पूरा नवाबगंज गूँज उठा।

उसी रात अज्ञात तत्त्वों ने कक्का जी की मूर्ति तोड़ दी। इलाके में तनाव पसर गया। मनोहर ने कहा कि मुंगेरी को इसकी कीमत चुकानी पड़ेगी

तो मुंगेरी ने भी मनोहर के लिए ऐसी ही बात कही। इलाके में एहतियातन पुलिस लगा दी गई।

मुंगेरी ने माँग की कि कक्का जी की मूर्ति दोबारा लगवाई जाए। प्रशासन चाहे तो वह अपनी तरफ से मूर्ति बनवा कर देने के लिए तैयार हैं। बिल्कुल यही बात मनोहर ने भी कही कि पहले भी मूर्ति का खर्चा उन्होंने उठाया था। फिर से वही उठाएँगे।

मुंगेरी की मूर्ति पर भक्तों का जमावड़ा बढ़ता ही जा रहा था। पूरे इलाके में मुंगेरी भगवान के किस्से फैल गए थे। किसी का बीमार बच्चा अच्छा हो रहा था तो किसी की बरसों से रुकी हुई शादी तय हो रही थी। किसी को गड़ा धन मिल रहा था तो कोई मुकदमा जीत रहा था।

लोग दूर-दूर से मुंगेरी भगवान की चमत्कारिक मूर्ति के दर्शन के लिए आ रहे थे। मुंगेरी के घर के पास सड़क पर दोनों तरफ मेला-सा लग गया था। वहाँ सड़क पर न जाने कितने फेरीवाले आ जमे थे। मुंगेरी के मुहल्ले के तमाम लोग इस समूचे मायाजाल को अचरज से देख रहे थे और तब भी उन्हें समझ में नहीं आ रहा था कि ये हो क्या रहा है।

लोग दो हिस्सों में बँट गए थे। कुछ लोग ये महसूस कर रहे थे कि यह स्थिति लम्बे समय तक चली तो यहाँ पर रहना मुश्किल होता जाएगा। उन्हें अपने लिए कहीं और घर तलाशना पड़ेगा। वहीं अनेक लोग ऐसे भी थे जो इस घटना में अपने लिए अवसर देख रहे थे। उन्हें लग रहा था कि घरों के सामने वाले हिस्से में दुकानें बनवा कर अपनी आमदनी बढ़ाई जा सकती है।

कक्का जी की मृत्यु-कथा

रात के सन्नाटे में मुंगेरी अपने मुंगेरी भगवान के साथ शराब और बोटी सजाकर बैठे हैं। मूर्ति ने पूछा, "अब तो खुश हो? तुम्हें प्रचार करने के लिए भी कहीं जाने की जरूरत नहीं। सब यहीं आकर मेरा प्रसाद पाएँगे और वोट वाले दिन तुमको वोट दे आएँगे। ऐसा करो कि किसी भक्त की तरफ से कल से भंडारा

शुरू करवा दो और एक तरफ से सब को न्योता भिजवाओ। अपने विरोधी प्रत्याशियों को भी। कई बार विरोधी भी अनजाने में तुम्हारी बहुत बड़ी मदद कर जाते हैं। आखिर कक्का जी को धीरे-धीरे जहर देकर न मारा जाता तो तुम्हारा विधायक बनने का नम्बर इतनी जल्दी कैसे लगता।"

मुंगेरी इस बात पर चौंक गए कि कक्का जी को जहर दिया गया था। मुंगेरी ने पूछा, "किसने दिया था उन्हें जहर?"

मूर्ति बोली, "अब क्या करोगे जानकर? जिसने भी दिया हो, तुम्हारा तो फायदा ही हुआ।"

मुंगेरी अभी सनाके की स्थिति में थे। उन्होंने पूछा, "आप और क्या-क्या जानते हैं मुंगेरी भगवान?"

मूर्ति ने भगवान होने के विनम्र अभिमान के साथ बताया, "मैं बहुत कुछ जानता हूँ। तुम्हारे और कक्का जी के बारे में तो सब कुछ। जो तुम्हारे अचेतन या अवचेतन में दबा है वह भी। वहीं से तो प्रकट हुआ हूँ मैं।"

इसके बाद मुंगेरी ने कुछ नहीं पूछा। उन्हें पहली बार अपनी मूर्ति से डर लगा। मूर्ति की आँखों में देखते हुए उन्हें झुरझुरी हुई।

मनोहर और मुंगेरी के बीच घूमता हुआ बिचौलिया एक बार फिर से मुंगेरी के साथ है। मुंगेरी ने उससे कहा, "कुछ लोगों का कहना है कि कक्का जी को आखिरी दिनों में कोई धीमा जहर दिया गया था। आखिर कक्का जी को कौन मारना चाहता रहा होगा?"

बिचौलिए ने कहा, "ऐसी इच्छा रखने वाले तो बहुत सारे लोग होंगे। सवाल यह है कि इसका मौका किन लोगों के पास था? एक तो आपके ही पास था।" मुंगेरी ने चौंककर उसे देखा तो बिचौलिए ने कहा, "लेकिन मुझे पता है कि आपने जहर नहीं दिया था।"

मुंगेरी फिर चौंके, "तुम्हें कैसे पता है कि मैंने जहर नहीं दिया था?"

बिचौलिए ने कहा, "इसलिए, कि मुझे पता है कि जहर किसने दिया था। अन्दरखाने में यह बात बहुतों को पता है। मुझे अचरज है कि आपको अब पता चल रही है।"

"किसने दिया था कक्का जी को जहर?" मुंगेरी ने पूछा।

"मनोहर ने," बिचौलिए ने जवाब दिया। "लेकिन मुझे कहीं भी गवाही वगैरह के चक्कर में मत फँसाइएगा। साफ मुकर जाऊँगा कि मैंने ऐसा कुछ कहा था।"

मुंगेरी को ऐसा गुस्सा आया कि सीधे मनोहर के घर ही पहुँच गए। मनोहर सामने आए तो मुंगेरी ने उन्हें कई तमाचे मारे कि तुमने मारा कक्का जी को...तुमने मारा। मनोहर थोड़ी देर अपना बचाव करते रहे फिर उनको भी गुस्सा आ गया और उन्होंने मुंगेरी को उठाकर पटक दिया।

तब तक मनोहर के और लड़के आ गए थे पर मनोहर ने हाथ के इशारे से उन्हें दूर ही रहने का इशारा किया। इसके बाद जमीन लोट रहे मुंगेरी को उठाते हुए मनोहर ने कहा, "थोड़ा जिम-विम जाया करो यार। इतने में ही हाँफने लगे। साँस पर कंट्रोल होना सबसे जरूरी होता है। मुझे तो अचरज हो रहा है कि सपना इसके बाद भी तुमसे शादी करना चाहती है।"

मुंगेरी फिर भड़कने को हुए तो मनोहर ने उनका हाथ मरोड़ते हुए दोबारा पटक दिया और बोले, "लम्बी-लम्बी साँस लेते हुए लेटे रहो। जो भी जानना चाहते हो सब कुछ बताऊँगा। पर पुराने दोस्त हो तुम। तो सही तरीका तो यह है कि उठो और सोफे पर बैठो। बोतल लाता हूँ, चियर्स करते हैं, फिर जो भी जानना चाहते हो वह भी जान लेना।"

मनोहर मुंगेरी के लिए शराब का पैग बनाकर ले आए और चियर्स कहकर बोलना शुरू किया, "कक्का जी शहंशाह थे, तुम थे उनके शहजादे और मैं सेनापति। इतना इतिहास तो पढ़ा ही होगा तुमने कि कितने शहजादों या सेनापतियों ने शहंशाहों को मारकर उनका ताज हथिया लिया। मुझे भी वह ताज चाहिए था। कक्का जी को चाहिए था कि वे सांसद बनते और हम दोनों के लिए विधायकी खाली करते। उन्होंने नहीं किया, उनकी महत्त्वाकांक्षा बस विधायकी से ही संतुष्ट थी। तो कब तक करते हम इन्तजार? दे दिया जहर, कर दिया काम तमाम। मैं न मारता तो तुम मारते। मरना तो उनको ऐसे ही था। बहुतों को अन्दाजा था इस बात का, आज तुमको भी पता चल गया पर

प्रमाण किसी के पास भी नहीं। पार्टी और सरकार के लोग साथ थे मेरे, जहर की बात पता चल भी जाती तो भी मेरा कुछ नहीं बिगड़ता।

"तब भी एक गलती हो गई मुझसे। मैंने तुमको बहुत कम करके आँका। यहीं चूक गया। मैंने तुमको घोंचू समझा था पर तुम तो मुझसे भी बड़े वाले हरामी निकले। मैंने कक्का की मूर्ति खड़ी की। तुमने अपनी ही खड़ी कर दी। जो काम लोग बुढ़ापे में करते हैं, या लोगों के मरने के बाद उनके वारिस बनने की आकांक्षा पाले लोग करते हैं वह काम तुमने अभी ही कर दिखाया। कमाल कर दिया मुंगेरी भाई। मैंने देखी है तुम्हारी मूर्ति, दहशत होती है उसे देखकर। ऐसा लगता है जैसे कोई जिन्दा शैतान छुपा बैठा हो उसमें। तो दोस्ताना सलाह ये है कि बच के रहना उससे। कक्का जी वाली गलती तुम मत दोहराना।"

"और ये घर? यहाँ भी गद्दारी की तुमने उनसे?" मुंगेरी ने पूछा।

"जान बड़ी होती है कि घर? अरे चिल करो यार। तुम्हें तो राजमहल मिला है। एक घर के लिए क्या शिकायत करना? अब ये सब तो चलता ही रहेगा हमारे बीच। जीत जाना तो हमको भुला मत देना। बाहर लोगों के सामने हम प्रतिद्वंद्वी हैं, हैं भी। पर हमसे बेहतर कौन जानता है कि हम हमजाद हैं। हमें जीवन भर एक-दूसरे के काम आना है। तुम्हीं से मुहब्बत तुम्हीं से लड़ाई। तो अब बाटम अप करो और घर जाओ भाई।"

मुंगेरी बाहर निकले तो उन्हें सपना मिल गईं। मुंगेरी ने पूछा कि वे यहाँ क्या कर रही हैं तो सपना ने कहा कि "मुझे बिचौलिए से पता चला कि तुम गुस्से में यहाँ आए हो तो पीछे-पीछे मैं भी चली आई।" मनोहर के घर के सामने सपना और मुंगेरी की तसवीर खिंचती है पर दोनों को पता नहीं चलता।

अगले दिन सुबह मुंगेरी उठे तो यह तसवीर अखबार में छपी देखी। नीचे कैप्शन है, 'स्वस्थ लोकतंत्र?' मुंगेरी ने सपना को जगाया, सपना को इस बारे में कुछ नहीं पता।

"तो किसको पता होगा? चुनाव का समय है। इस समय इस तरह की तसवीरों का मतलब समझती हो तुम?" मुंगेरी भड़के।

सपना भी उतनी ही तेजी से चिल्लाईं, "मुझे क्या पता यह किसने किया। मेरे होने वाले बच्चे के हत्यारे हो तुम फिर भी पता चला कि गुस्से में वहाँ गए हो तो दौड़ती हुई पहुँच गई। पर चुनाव के अलावा कुछ और भी समझ में आता है तुमको?"

ये सब चल ही रहा था कि मुंगेरी के पास मनोहर का फोन आ गया। मनोहर ने पूछा, "तसवीर देख ली क्या? मुझे तो बड़ा मजा आया देखकर। एक-दो अखबार वालों का फोन भी आया था मेरे पास तो मैंने कहा कि दोनों ने मुझ पर जो झूठा आरोप लगाया था, उसके लिए माफी माँगने आए थे। मैंने माफ कर दिया।"

मुंगेरी इस बात पर भड़कने को हुए तो मनोहर ने कहा, "पहले पूरी बात सुन तो लो मेरे भाई। मैंने आगे यह भी कहा कि मुंगेरी और सपना शादी करने वाले हैं इसलिए आशीर्वाद लेने आए थे मुझसे।"

मुंगेरी भड़कते ही रह गए। मनोहर ने फोन काट दिया।

मुंगेरी का मूर्ति से विद्रोह

सुबह की पूजा के वक्त मुंगेरी की मूर्ति ने मुंगेरी को डाँट लगाई, "तुमको मनोहर के यहाँ जाने की क्या जरूरत थी? तुम्हारी मूर्खता मेरे किएकराए पर पानी फेर देगी।"

मुंगेरी का दिमाग पहले ही खराब था, बोले, "दिमाग मत खराब करो मुंगेरी भगवान। सब तुम्हारी वजह से हुआ। न तुम जहर देनेवाली आधी-अधूरी बात बताते न मैं वहाँ जाता। मैंने तुम्हारे बिना भी जान ली न पूरी बात। तो तुम ज्यादा तीसमार खाँ मत बनो। चुनाव तो मैं बिना तुम्हारे भी जीत ही जाऊँगा।"

मूर्ति हँसी और बोली, "मुझे गर्व है कि मैं तुम्हारी मूर्ति हूँ। जाओ, अपने दम पर भी लड़कर देख लो। मुश्किल लगे तो आ जाना, मैं हमेशा तुम्हारे साथ हूँ।"

मुंगेरी बोले, "वह रुपये जो मैंने तुम्हारे पास रख छोड़े हैं, मुझे चाहिए।"

मूर्ति ने कहा, "ठीक है, ले जाओ," कहते हुए मूर्ति ने पूरे सात करोड़ रुपये की गड्डियाँ एक साथ मुंगेरी के ऊपर फेंकीं। मुंगेरी उसका बोझ नहीं सँभाल पाए और गिर गए। मूर्ति ने मुंगेरी का उपहास करते हुए कहा, "अभी तो सोना भी है बहुत सारा। अभी निकालूँ या बाद में ले जाओगे मेरे प्यारे निर्माता?"

यह कहते हुए मूर्ति चबूतरे पर से नीचे उतर आई। उसने गड्डियों को खोलते हुए नोटों को उड़ाना शुरू किया और बोली, "लो सँभालो अपनी दौलत। गिन जरूर लेना, नहीं तो बाद में कहोगे कि मैंने तुम्हारे पैसे मार लिए।"

मुंगेरी जब तक कुछ समझ पाएँ तब तक मूर्ति ने सारे नोटों को हवा में बिखेर दिया। बाहर भक्तों में नोट लूटने की होड़ लग गई। बाहर जो पुलिस वाले ड्यूटी में लगे थे वे भी दौड़-दौड़ कर नोट बीनने लगे। मुंगेरी ने पागलों की तरह नोट इकट्ठा करने की कोशिश की पर आखिर में सिर थामकर बैठ गए। मुंगेरी के देखते-देखते ज्यादातर नोट पड़ोसियों, भक्तों, पुलिसवालों और राह चलते लोगों द्वारा लूट लिये गए।

ये लूट चल ही रही थी कि सपना बाहर आईं। सपना की समझ में कुछ नहीं आया तो वे जोर से चिल्लाईं, "मुंगेरी भगवान की जय।"

सपना का उद्घोष सुनते ही मुंगेरी चैतन्य हो उठे। उन्होंने तुरन्त मुंगेरी भगवान का जयकारा लगाया और बोले, "मुंगेरी भगवान अपने भक्तों को प्रसाद के रूप में सीधे नोट दे रहे हैं। जिसको-जिसको यह प्रसाद मिलेगा उसकी सब मनोकामनाएँ पूरी होंगी। कृपया एक ही नोट लें। बाकी भक्तों के लिए बाकी नोट छोड़ दें। चमत्कार चमत्कार...आएँ और मुंगेरी भगवान का प्रसाद लें।"

मामला किसी तरह से सपना और उनके बाद मुंगेरी ने सँभाल लिया था लेकिन भीतर भीतर मुंगेरी हिल से गए थे। जब वे घर के भीतर जा रहे थे तो इतनी कमजोरी महसूस कर रहे थे कि उन्हें सपना का सहारा लेना पड़ रहा था। उधर मूर्ति सपना और मुंगेरी को घर के भीतर जाते हुए देखकर अश्लीलता से मुस्करा रही थी।

भीतर जाकर मुंगेरी सपना की गोद में सिमट गए। सपना ने मुंगेरी को इतना असहाय कभी नहीं पाया था। इस समय मुंगेरी इतने अबोध लग रहे थे कि सपना ने बिना कहे ही मुंगेरी के अब तक के सारे गुनाह माफ कर दिए और धीरे-धीरे अपने जादू में समेट लिया। आज सपना खुद ही अनावृत हुईं, मुंगेरी को अनावृत किया और धीरे-धीरे सब कुछ एक ऐसी लय में बह चला जो आज के पहले सपना ने या मुंगेरी ने कभी नहीं जानी थी। उन्हें पता नहीं था कि अपार वासना के साथ मूर्ति की आँखें उन दोनों को देख रही थीं।

अचानक मुंगेरी ठंडे पड़ गए। सपना ने पूछा कि क्या हुआ? तो कहीं और ही खोए हुए मुंगेरी ने एकालाप किया कि "मूर्ति की मदद के बिना मैं चुनाव जीत तो जाऊँगा ना?"

सपना जैसे जड़ हो उठीं। पल भर बाद जब उनकी जड़ता टूटी तो वे फट पड़ीं, "मैं क्या हूँ तुम्हारे लिए, कोई मशीन, कोई खिलौना, कि इस समय भी तुमको चुनाव दिख रहा है। तुम्हारे सारे धोखे और छल-कपट बर्दाश्त किए मैंने कि कभी तो अकल आएगी तुमको, कभी तो मेरा प्रेम और समर्पण दिखेगा, पर नहीं, अब नहीं, थू है तुम पर, तुम इनसान हो ही नहीं, तुम एक घिनौने कीड़े में बदल चुके हो।"

इसके बाद सपना बाहर निकलीं और तेजी से गेट के बाहर निकल गईं। सपना के पीछे-पीछे मुंगेरी आए तो उन्हें रास्ते में मूर्ति मिली। मूर्ति ने कहा, "सपना भी गई। रुपये पहले ही जा चुके हैं। मैं, जिसकी कृपा से सैकड़ों लोग पल भर में लखपति बन गए, ऐसे दयालु मुंगेरी भगवान को भी नाराज कर लिया है तुमने। सोना मेरे पास है पर अभी उसे देने का मूड नहीं है मेरा। ऐसे में लाख टके का सवाल यह है कि मेरे बिना तुम्हारे विधायक बनने के सपने का क्या होगा? अभी भी वक्त है, दोबारा मेरी शरण में आ जाओ।"

मुंगेरी ने कहा, "जो होगा मैं देख लूँगा पर तुम तो दूर ही रहो मुझसे। जब तुम्हारी जगह लॉन में है तो पूरे घर में क्यों भटकते रहते हो? चैन से रहो और चैन से रहने दो।"

मूर्ति ने कहा, "एक जगह खड़े-खड़े थक जाता हूँ यार। घूमने-टहलने का मन करता है मेरा। कल तो तुम्हारे बेडरूम में आराम भी किया था। क्या खुशबू थी वहाँ। किसी सेंट की थी या सपना की?"

मूर्ति की बात को अनसुना करते हुए मुंगेरी कपड़े पहनकर आए और बाहर लपके। पीछे से मुंगेरी की मूर्ति ने तंज कसा, "कहाँ जा रहे हो भावी विधायक? अपनी प्रेमिका के लिए जा रहे हो या चुनाव में और कोई गड़बड़ी न हो इसके लिए जा रहे हो?"

मूर्ति गाती है, "चैन एक पल नहीं और कोई हल नहीं...सैयोनी...।"

मुंगेरी भगवान ने चुनाव की कमान सँभाली

मुंगेरी दौड़ते-भागते सपना के यहाँ पहुँचे। सपना ने कहा, "सुलह की एक ही शर्त है कि तुम जीतो या हारो पर शादी हम अभी करेंगे। मैं तुम्हें चाहती हूँ किसी विधायक को नहीं। तुम हार भी जाओगे तो भी मैं तुम्हें छोड़ नहीं दूँगी।"

मुंगेरी ने मिन्नत की, "इतने दिनों की मेहनत है। न जाने कितने पैसे खर्च किए। अब जब बचपन का सपना पूरा ही होने को है तो उसमें फच्चर मत डालो। तुमने हमेशा मेरा साथ दिया। बस चुनाव तक और साथ दे दो। इसके बाद तुमको कभी शिकायत का मौका नहीं दूँगा। रिजल्ट आते ही तुम जब और जैसे कहोगी हम शादी कर लेंगे।"

सपना ने कहा, "जाओ, मैं सुबह आ जाऊँगी। चुनाव तक साथ ही रहूँगी तुम्हारे, नहीं तो कहोगे कि मुश्किल वक्त में तुमको छोड़ दिया। इसके बाद फैसला करूँगी कि तुम्हें माफ करूँ या न करूँ। और हाँ दूर ही रहना मुझसे तब तक। अपनी चुनाव की थकान उतारने के लिए ज्यादा रोमैंटिक होने की कोशिश मत करना।"

मुंगेरी उन्हें अपने साथ लेकर आना चाहते थे पर सपना ने उनसे एक गिलास पानी तक नहीं पूछा।

सपना के यहाँ से आते हुए मुंगेरी की कार को अनेक हथियारबन्द लोगों ने घेर लिया। मुंगेरी बाहर नहीं निकले तो उन लोगों ने उनकी कार का काँच तोड़ दिया और उन्हें बाहर खींच निकाला। बाहर आते ही उन लोगों ने उन्हें रुई की तरह धुन दिया।

कपड़े फटे। ओंठ कटे। बाल उखड़े। माथा फूटा। हाथ टूटा। पीठ पर डंडे पड़े। पिछवाड़ा लाल हुआ। उनकी किस्मत से दूसरे कुछ लोग आते दिखे जिससे हमलावरों का ध्यान भंग हुआ और मुंगेरी किसी तरह से बच-बचाकर भागे।

उनकी कार फूँक दी गई। सड़क किनारे की खाई में छुपकर उन्होंने अपने लोगों को फोन मिलाना चाहा पर खुद ही डर गए। उन्हें पता नहीं था कि हमलावरों को ये किसने बताया कि वे सपना के यहाँ आए हैं।

तब उन्होंने मनोहर को फोन किया, "अब तुम इतना गिर गए कि हमला करवा रहे हो मुझ पर।"

मनोहर ने कहा, "तुम सबको अपनी ही तरह मूर्ख क्यों समझते हो? इस समय तुम पर हमला होगा तो इससे मेरा ही नुकसान होगा। सहानुभूति से लबालब भरे लोग तुमको वोट कर आएँगे। ये कोई और ही होगा जिसकी पूँछ पर हाल में लात रखी होगी तुमने। मैं नहीं हूँ भाई, कक्का जी की कसम।"

मुंगेरी घर पहुँचे तो मूर्ति ने पूछा, "किससे पिटकर आ रहे हो प्रिय मुंगेरी? अरे अपना हाथ-पैर बचाकर रखो भाई। अभी तो चुनाव तक बहुत व्यस्त रहना है तुमको। चुनाव के बाद शपथ लेनी है। पट्टियों और प्लास्टर में शपथ लेने का इरादा है क्या?"

मुंगेरी चौंक गए। "तो ये तुम्हारा काम था?" मुंगेरी ने अचरज से कहा।

मूर्ति ने शान्ति से जवाब दिया, 'हाँ, अब पूछो कि क्यों किया? इस एक सवाल के दो जवाब है। तुम्हें जो पसन्द आए उसे चुन लेना। तो पहला जवाब यह है कि तुम्हें सबक सिखाने के लिए किया। कल तुमने मेरा अपमान किया तो तुम्हें पता होना चाहिए कि दोबारा मुझ पर चिल्लाने का क्या अंजाम हो सकता है।

"दूसरा जवाब यह है कि तुम्हारे लिए किया। दो दिन से तुम्हारा चुनाव प्रचार एकदम ठंडा जा रहा है। ऐसे जीतोगे चुनाव? तुम भले ही नाराज हो पर मैंने सोचा कि थोड़ी सी मदद बिना माँगे ही कर दूँ। अब कल तुम हल्ला-गुल्ला करो, धरने पर बैठो और सहानुभूति लो, मैं तो आराम करूँगा।"

मुंगेरी नाराजगी से मूर्ति को देख रहे थे कि मूर्ति उनके नजदीक आ गई और बोली, "अरे पहला जवाब मजाक था यार! अब ऐसा भी क्या गुस्सा, वह भी अपनी ही मूर्ति से! ज्यादा बुरा लगा हो तो माफ कर दो और जाओ चुनाव लड़ो। अब मैं तुम्हारी राय के बिना कुछ भी नहीं करूँगा।"

मुंगेरी ने अविश्वास से मूर्ति की तरफ देखा। बदले में मूर्ति ने अपने कान पकड़े और बोली, "तुम जीते मैं हारा। मेरा अस्तित्व बस तुमसे ही है। तुम नहीं तो तुम्हारा प्रतिरूप नहीं। जाओ, चुनाव लड़ो।"

मूर्ति जाते हुए मुंगेरी को जलती आँखों से देखती रही। मुंगेरी ओझल हुए तो मूर्ति बड़बड़ाई, "दुनिया भर की नीचताई के बाद अब तुम्हें आत्मसम्मान का दौरा पड़ रहा है! इस तरह की मूर्खताओं में तुम फँस सकते हो मुंगेरी, मैं नहीं। मैं तुम्हारे ही भीतर के लालच, फरेब, स्वार्थ और जघन्यता की मूर्ति हूँ। मैं तुम्हें हारने नहीं दे सकता। तुम्हारी हार या जीत अब तुम्हारी हार या जीत रही ही नहीं। अब मेरा यानी मुंगेरी भगवान का चेहरा दाँव पर लगा है। तुम मेरा फायदा तो उठाना चाहते थे पर मेरे जीवित हो जाने से डर गए हो। काश कि तुमने इतिहास से सबक लिया होता। जो भी अपनी मूर्ति गढ़ता है एक दिन वह अपनी ही मूर्ति का गुलाम बनता है मूर्ख इनसान।"

चुनाव प्रचार करते हुए मुंगेरी ने अपने हर भाषण में अपने ऊपर हमले की बात दोहराई और इसका आरोप विपक्षी उम्मीदवारों पर लगाया, "वे हार के डर से हिंसा पर उतर आए हैं। लेकिन मैं कक्का जी का बेटा हूँ। इस तरह के कायर हमलों से डरकर मैदान छोड़ने वाला नहीं हूँ।"

उधर मूर्ति एक नवधनाढ्य भक्त के भेस में बाहर निकली। मुंगेरी के घर के बगल में एक स्कूल का खेल मैदान है। मूर्ति ने उस स्कूल के प्रबन्धक और प्रिंसिपल को मैदान कुछ दिनों के लिए मुंगेरी भगवान के भक्तों के लिए

किराये पर देने के लिए राजी कर लिया। सोने के एक एक बिस्किट से दोनों मुंगेरी भगवान के भक्त हुए।

इसके बाद मुंगेरी के घर के बाहर चल रहा भंडारा जो बन्द हो गया था, दोबारा चालू हो उठा। यह भंडारा बाजार की तरह मायावी है। मूर्ति की तरह रहस्यमयी है।

भंडारे में क्रान्तिकारियों के लिए क्रान्ति है। राजतंत्रियों के लिए राजतंत्र है। समाजवादियों के लिए समाजवाद है। लोकतांत्रिकों के लिए लोकतंत्र है। धार्मिकों के लिए धर्म है। नाउम्मीदों के लिए उम्मीद है। दीन-दुखियारों के लिए सुख का वादा है। अन्धविश्वासियों के लिए चमत्कार है। मांसाहारियों के लिए उनकी भूख का चार गुना मांसाहार है। शाकाहारियों के लिए पनीर के पहाड़ हैं। वीगनों के लिए प्रयोगशाला में तैयार सोयामीट है। नंगों के लिए कपड़ा है। जरूरतमन्दों के लिए नकद है। कामुक स्त्री-पुरुषों के लिए सेक्स है। रिन्दों के लिए शराब है। नशेड़ियों के लिए गुटखा है, भाँग है, गाँजा है, अफीम है, ड्रग्स हैं। लालचियों के लिए लालच है। तमाशाइयों के लिए तमाशे हैं। समझदारों के लिए समझदारी है। मूर्खों के लिए मूर्खताएँ हैं।

इसके बाद अखबार और इलेक्ट्रॉनिक मीडिया की बारी है। मूर्ति सभी अखबारों और मीडिया के संवाददाताओं और सम्पादकों के पास सोने की एक एक ईंट पहुँचाती है। राजनीतिक संवाददाताओं और सम्पादकों को हॉलिडे पैकेज और मालिकों को पेज-पेज भर के विज्ञापन देती है।

अगले दिन सभी अखबारों में मुंगेरी की जय-जय है। मुंगेरी ने मुंगेरी भगवान से माफी माँग ली है। जीत पक्की देखकर मुंगेरी खुश हैं। अपना मनचाहा होते देख मूर्ति भी खुश है कि पुलिस आती है और चुनाव में वोटरों के बीच नोट बाँटने के मामले में मुंगेरी को गिरफ्तार करती है। दो दिन बाद चुनाव है। जाते समय मुंगेरी मूर्ति की तरफ देखते हैं। मूर्ति की मुस्कराती हुई आँखों में 'मैं हूँ ना' वाले भाव हैं।

मनोहर मुंगेरी से मिलने थाने पहुँचे और कहा, "मैं फिर से कह रहा हूँ कि यह मैं नहीं हूँ। मैं ऐसे काम क्यों करूँगा जिससे तुमको फायदा हो।

मान लो कि पहले सौ लोगों को पता था कि तुमने नोट बाँटे। अब तुम्हारे गिरफ्तार होने से हजार लोगों को पता चलेगा। वे खुद ही तुम्हारे आसपास चक्कर काटेंगे। तुम यहाँ हो तो क्या हुआ, पीछे तुम्हारी चमत्कारी मूर्ति है ना। यार खुद लड़ते और हमको भी थोड़ा लड़ने दिया होता। ये क्या कि बीच में तुम एक शिखंडी उठा लाए। तुम्हारा सारा चुनाव वह शिखंडी लड़ रहा है। ऐसे में जीत भी गए तो क्या हासिल कर लोगे? देखना वह मूर्ति अमरबेल की तरह सब रस चूस लेगी तुम्हारा।"

उधर मूर्ति घर में अकेली है। वह मुंगेरी के घर का कोना-कोना देख आई है। जो भी चीजें घर में हैं अब सब मूर्ति की जानकारी में हैं। मुंगेरी के जितनी भी जरूरी कागज हैं सब मूर्ति की नजर में आ चुके हैं।

मूर्ति ने उन्हें एक-एक कर उलटा पलटा फिर एक कागज और कलम लेकर मुंगेरी की दस्तखत की नकल टीपी। अपने ही बनाए हुए दस्तखत को देखकर मूर्ति हँसी और बोली, "कमाल है मुंगेरी भगवान, एकदम हूबहू। साक्षात् भगवान आ जाए तो भी दोनों में भेद नहीं कर सकता।"

इसके बाद मूर्ति ने मुंगेरी के कपड़ों में से एक बढ़िया कपड़ा अपने लिए छाँटा और पहनकर बड़ी अदा से सिगरेट जलाई। सामने आईना है। मूर्ति ने अपने आपको देखा और खिलखिलाई, "बढ़िया लग रहे हो मुंगेरी भगवान।"

तभी सपना आ गईं। सपना ने मूर्ति के नजदीक आते हुए कहा, "अरे तुम इतनी जल्दी छूट गए?"

मूर्ति बोली, "ये मैं हूँ, मुंगेरी का प्रतिरूप। मुझे देखो और सोचकर बताओ कि क्या रखा है तुम्हारे मुंगेरी में, जब मुंगेरी भगवान खुद तुम्हारी बाँहों में आने के लिए तैयार बैठे हैं। मैं एबार्शन नहीं कराऊँगा तुम्हारा। मुझे बच्चे खिलाने और अपना परिवार बढ़ाने की कुछ ज्यादा ही जल्दी है।"

सपना ने कहा, "जीतेंगे तो मुंगेरी ही और जीतते ही शादी का वादा किया है उन्होंने।"

मूर्ति ने हँसते हुए कहा, "त्रिशंकु का नाम सुना है, जो सशरीर स्वर्ग जाना चाहते थे! न पता हो तो गूगल कर लो।"

सपना गूगल कर ही रही थीं कि मूर्ति ने उन्हें अपनी बाँहों में ले लिया। सपना ने मूर्ति को परे ढकेलने की कोशिश की पर मूर्ति की ताकत के सामने उनका कोई जोर नहीं चला।

अचानक मूर्ति ने उन्हें यह कहते हुए छोड़ दिया कि "आज पहली बार किसी औरत को छुआ है। पहली ही बार में जबरदस्ती करूँ, इतना भी पत्थर नहीं हूँ मैं। मैं तो बुला रहा हूँ तुम्हें, आओ, मेरी बाँहों में आओ।"

इस पुकार में इतना सम्मोहन है कि उसके वशीभूत होकर सपना मूर्ति की बाँहों में चली गईं। मूर्ति ने उन्हें अपनी बाँहों में समेट लिया। फिर जैसे सपना का सपना टूटा और उन्होंने धीरे से अपने आप को छुड़ाते हुए कहा कि "सोचूँगी तुम्हारे बारे में भी" और चली गईं।

मुंगेरी की जीत!

थाने में मुंगेरी को ज्यादा समय नहीं लगा। हल्की-फुल्की कागजी कार्यवाही के बाद मुंगेरी आजाद हो गए। थाने से वह सीधे चुनाव प्रचार के लिए निकल गए। अगले दिन ही चुनाव है। मुंगेरी अपनी तरफ से कोई कसर नहीं छोड़ना चाहते।

नवाबगंज की गलियों में घूमते हुए मुंगेरी ने पाया कि हर तरफ मुंगेरी भगवान की जयजयकार है। लोग मुंगेरी भगवान के चमत्कारों से अभिभूत हैं। मुंगेरी की अलग से कोई हैसियत नहीं बची है। वे लोगों और मुंगेरी भगवान के बीच एक बिचौलिया भर हैं।

हर कोई कह रहा है कि मुंगेरी भगवान का आदेश सिर आँखों पर। मुंगेरी भगवान को कह दिया तो कह दिया, वोट तो हम आपको ही देंगे। मुंगेरी ने पाया कि चुनाव भले अगले दिन हो पर उनकी जीत पहले ही पक्की हो चुकी है।

ठीक इसी पल मुंगेरी के मन में एक सवाल उभरा कि यह जीत किसकी होगी? मुंगेरी की या मुंगेरी भगवान की? जवाब में मुंगेरी ने खुद को दिलासा

दिया कि मुंगेरी के बिना मुंगेरी भगवान की क्या औकात? मैं हूँ, इसीलिए मेरी मूर्ति है। यह मेरी ही जीत होगी।

अगले दिन चुनाव हुआ। खबरों में चर्चा है कि चुनाव का नतीजा चाहे जिसके भी पक्ष में जाए पर इतनी बड़ी संख्या में वोटिंग इस सीट पर पहले कभी नहीं हुई। पूरे के पूरे सौ प्रतिशत वोट पड़े हैं। ऐसा इसके पहले दुनिया में कभी नहीं हुआ कि पूरे सौ प्रतिशत लोगों ने मतदान किया हो। इस छोटी-सी सीट के मतदाताओं ने पूरी दुनिया को लोकतंत्र का पाठ पढ़ाया है।

मनोहर इस चुनाव के खिलाफ धरने पर बैठ गए कि चुनाव में धाँधली हुई है। उनका आरोप है कि "जो लोग वोटर लिस्ट बनने के बाद इस दुनिया में नहीं रहे या कई-कई सालों से घर नहीं लौटे उनके भी वोट पड़ गए हैं। आखिर कैसे?" मनोहर की माँग है कि यह चुनाव रद्द किया जाए और नए सिरे से चुनाव कराया जाए।

इसके जवाब में मुंगेरी ने बयान दिया कि "मनोहर को सिर्फ मरे हुए लोगों के ही वोट पड़े हैं। वे अपनी सम्भावित हार के डर से बौखला गए हैं इसलिए इस तरह की ऊलजलूल बयानबाजी और ड्रामेबाजी कर रहे हैं।"

मुंगेरी घर आए तो बिना मूर्ति से मिले सिर झुकाए आगे बढ़ गए। मूर्ति ने उन्हें आवाज दी और कहा, "चुनाव होते ही अपने मुंगेरी भगवान को भूल गए तुम।"

मुंगेरी ने कहा, "मुझे सब याद है पर इस बीच तुम भूल गए हो कि तुम एक मूर्ति भर हो। चुनाव हो चुका है। अब तुम्हें तुम्हारी सही जगह दिखाने का समय आ गया है।"

मूर्ति एक भयावह हँसी हँसते हुए बोली, "गिनती नहीं हुई है अभी। रिजल्ट परसों आना है तब तक बहुत खेल हो सकते हैं।"

मुंगेरी ने कहा, "तुम हराओगे मुझे? मैं हार गया तो तुम भी तो हार जाओगे।"

मूर्ति दोबारा हँसी और बोली, "जीतोगे तो तुम्हीं मुंगेरी पर उसके बाद की दुनिया किसने देखी है!"

मुंगेरी कुछ बोलें इसके पहले उनके कुछ उत्साही समर्थक आए और उन्हें अपने कन्धे पर उठाते हुए मुंगेरी भगवान की जय बोली। मुंगेरी इस जयजयकार से जल-भुन गए। ऊपर बैठे हुए मुंगेरी की निगाहें अपनी मूर्ति से मिलीं। मूर्ति की निगाहों में एक उपहास भरी मुस्कान है।

मुंगेरी को डर लगा, कँपकँपी हुई, जो मुंगेरी भगवान की जय के शोर में दब गई।

जैसा कि पहले से ही तय हो चुका था चुनाव में निर्दलीय मुंगेरी की जीत हुई। अखबारों में इस बात के चर्चे हैं कि मुंगेरी ने अपने आपको कक्का जी से बेहतर साबित किया है। चारों तरफ मुंगेरी की जयजयकार है लेकिन मुंगेरी के भीतर से जीत की खुशी गायब है।

मनोहर उन्हें जीत की बधाई देने आए। मनोहर ने कहा, “बहुत-बहुत बधाई मुंगेरी भाई, पर यह क्या किया तुमने? मैंने तो कक्का जी को जहर दिया था। तुमने तो खुद को ही दे दिया। मुझसे तो इस बार न सही अगली बार जीत जाते। जो माया तुमने खड़ी की है उससे कैसे जीतोगे?”

मुंगेरी जानते हैं कि मनोहर सही कह रहे हैं। उन्हें लगा कि इस घर से बाहर निकल जाएँ तो हो सकता है कि मुंगेरी भगवान से भी आजाद हो जाएँ। उन्होंने चुपचाप अपनी जरूरी चीजें समेटनी शुरू कर दीं।

सब तरफ शोर है, भीड़ है, मालाएँ हैं। इसके बावजूद वे किसी तरह गेट तक पहुँच ही गए। गेट पर पहुँचने के बाद उनको याद आया कि मूर्ति के नीचे सौ किलो सोना है। सोने की चमक ने जैसे उनके पैरों में जंजीर बाँध दी। वे वापस लौट आए।

रात में जब भीड़ छँटी तो मुंगेरी फावड़े और हथौड़े के साथ मूर्ति के सामने आ डटे। जैसे किसी उन्माद में मुंगेरी ने मूर्ति पर हथौड़े बरसाना शुरू किया। उनके वार मूर्ति पर फिसल फिसल जाते। मूर्ति तोड़ने की कोशिश में वे खुद बेदम होने को आए पर मूर्ति का बाल भी न बाँका हुआ।

उनको याद आया कि उन्होंने घर में छुपाकर कुछ बम रख छोड़े हैं। अगर मूर्ति के नीचे बम लगाकर उसे उड़ा दिया जाय तो? बाद में कह देंगे

कि विरोधी उम्मीदवार अपनी हार बर्दाश्त नहीं कर पाए इसलिए हिंसा पर उतर आए हैं।

मुंगेरी बम लेने घर के भीतर गए। उन्हें अपने बेडरूम से सपना की हँसी की आवाज आती सुनाई दी। मुंगेरी अन्दर गए तो वहाँ उन्होंने सपना और मूर्ति को एक दूसरे की बाँहों में पाया। मुंगेरी गुस्से और अचरज में सपना पर चिल्लाए, "सपना, तुम भी इस मायावी से मिल गईं?"

सपना ने जहर बुझे स्वर में जवाब दिया, "क्या मैं भी! किसी भी कीमत पर विधायक बनना तुम्हारा सपना था मेरा नहीं। इस मूर्ति को बनाना तुम्हारा फैसला था मेरा नहीं। मैं तो बस तुमसे शादी करके ही खुश हो जाना चाहती थी। बदले में तुमने क्या किया? धोखा दिया मुझे। मैं तुम्हारे पीछे भागती रही और तुम अपनी इस मूर्ति के पीछे भागते रहे। तो जब इन्होंने खुद मुझे बुलाया तो क्यों न जाऊँ इनकी बाँहों में? तुम्हें विधायकी प्यारी थी। वह तुम्हें मिलकर भी नहीं मिलने वाली तो तुम्हारी औकात क्या बची अब?"

मुंगेरी ने कहा, "विधायकी कैसे जाएगी मेरे हाथ से? वह तो जीत ही चुका हूँ मैं।"

जवाब में मूर्ति हँसी, "ये तुम्हारी नहीं मेरी जीत है। शपथ मैं लूँगा।" मूर्ति ने हँसते हुए जीत का प्रमाणपत्र लहराया। "यहाँ एक जगह खड़े-खड़े थकान हो रही है मुझे। अब सब तरफ घूमूँगा। तुम्हारी तरह विधायक भर बन जाने से मेरा काम नहीं होगा। मुझे मंत्री बनना है। कक्का जी के रास्ते पर चलकर जनता की सेवा करनी है। मुख्यमंत्री और प्रधानमंत्री बनना है। तुम्हारा घर मेरे लिए बहुत छोटा है मुंगेरी।"

मुंगेरी ने हताशा से कहा, "मैं असली हूँ, तुम मेरी नकल भर हो, पत्थर की एक साधारण मूर्ति...।"

इस पर मूर्ति देर तक खिलखिलाती रही। फिर बोली, "चिल्लाते रहो, कौन मानेगा कि तुम असली हो। अब मैं ही असली हूँ और तुम मेरी नकल हो।"

मुंगेरी ढह गए, "फिर मैं जिन्दा रहकर ही क्या करूँगा अब?"

इस पर मूर्ति गम्भीर हुई, "मरना चाहो तो मर जाओ, अब इससे कोई फर्क नहीं पड़ेगा मुझ पर। लोग मर जाते हैं, उनकी मूर्तियाँ तब भी जीवित रहती हैं। लेकिन मैं जानता हूँ कि तुम कायर हो इसलिए मरोगे नहीं। तो इतने भी निराश मत होवो। बहुत काम हैं तुम्हारे लिए।

"तुम मेरी मूर्ति के पुजारी बन सकते हो जो कि तुम पहले से ही हो। अगले चुनाव में मेरा हमशक्ल बनकर चुनाव प्रचार कर सकते हो। इधर के वोटरों को डबल रोल या डुप्लीकेट जैसे करतब बहुत पसन्द आते हैं।

"मैं तो देश-विदेश के दौरों पर रहूँगा अब। सपना तो सब जगह जा नहीं पाएँगी। तो घर पर इनका खयाल कौन रखेगा? अभी नाराज हैं तुमसे पर अपनी सेवा से जैसे तुमने मुझमें जान डाल दी वैसे ही क्या पता कभी पुरानी मुहब्बत जाग ही जाए। मुझे कोई एतराज नहीं है इस पर। मैं भी विदेश-उदेश जाऊँगा तो गंगा नहाने थोड़े जाऊँगा।"

यह कहते हुए ने मूर्ति सपना को दोबारा अपनी बाँहों में ले लिया, "आओ न सपना डार्लिंग, चुनाव जीतने का जश्न मनाते हैं। अरे मुंगेरी जी से कैसी लाज! इनसे क्या छुपा है हमारा तुम्हारा। इन्हें लाज आएगी तो खुद ही बाहर चले जाएँगे। है न मुंगेरी!"